Wolffs Broschu

Honoré de Balzac

Ein Abglanz meines Begehrens

Bericht einer Reise nach Russland 1847

Aus dem Französischen von
Nicola Denis

Herausgegeben und mit einem Nachwort von
Brigitte van Kann

Mit Anmerkungen von
Nicola Denis und Brigitte van Kann

FRIEDENAUER PRESSE BERLIN

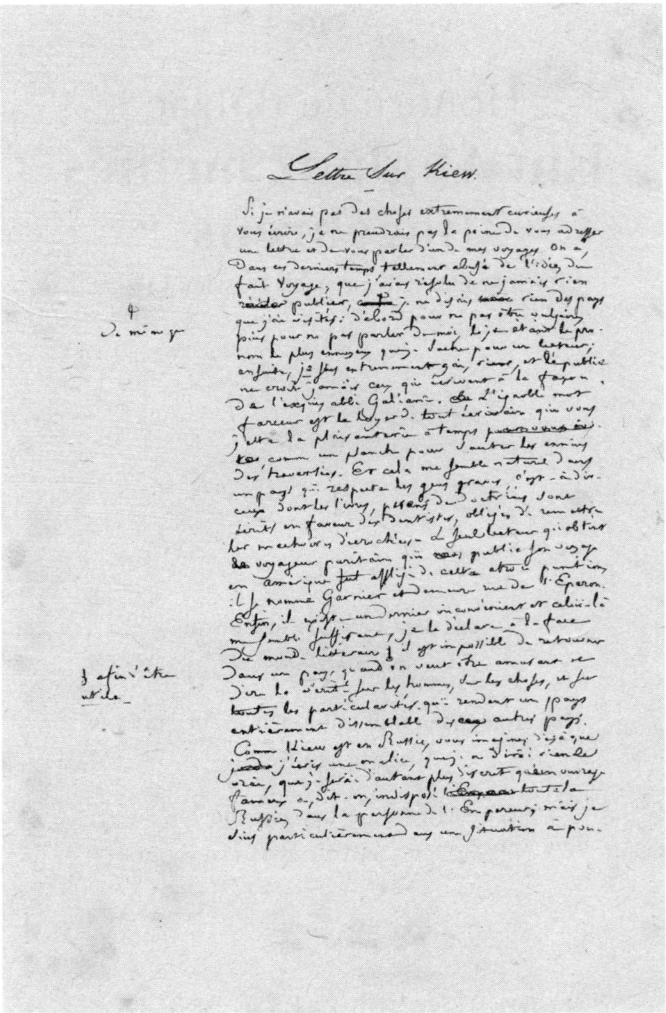

Lettre sur Kiew.

Si je n'avais pas des choses extrêmement curieuses à vous écrire, je ne prendrais pas la peine de vous adresser une lettre et de vous parler d'un de mes voyages. On a, dans ces derniers temps tellement abusé de l'idée du fait voyage, que j'avais résolu de ne jamais rien publier,

Faksimile der ersten Seite des Manuskripts der Lettre sur Kiew, *entnommen der Erstausgabe von 1927.*

Lettre sur Kiew

Wenn ich nicht so merkwürdige Dinge zu berichten hätte, würde ich mir gar nicht erst die Mühe machen, Ihnen einen Brief zu schicken und von einer meiner Reisen zu berichten. In letzter Zeit hat man die Idee des Reisens derart überstrapaziert, dass ich beschloss, nie etwas zu den Ländern, die ich besuchte, zu veröffentlichen oder zu äußern: um nicht gewöhnlich zu sein und um nicht von mir zu sprechen, denn *Ich* ist für den Leser der langweiligste Vorname überhaupt; außerdem bin *ich* außerordentlich fröhlich und lachlustig, und das Publikum glaubt denen, die in der Art des köstlichen Abbé Galiani schreiben, nicht. Das derbe, spöttische Wort ist das Lohngeld eines jeden Schriftstellers, der Ihnen den Scherz wie eine Planke im rechten Moment hinüberwirft, um die Langeweile der Überfahrten zu überbrücken. Und das erscheint mir nur natürlich in einem Land, das die ernsthaften Leute respektiert, solche also, deren an Lehrmeinungen schwer wiegende Bücher für Zahnärzte geschrieben wurden, welche die ausgerenkten Kiefer wieder zurechtrücken müssen. Der einzige Leser, den der puritanische Reisende mit der Veröffentlichung seiner Amerikareise gewonnen hatte, wurde von dieser abscheulichen Strafe heimgesucht: Er heißt Garnier und wohnt in der Rue de l'Éperon. Schließlich gibt es einen letzten Nachteil, und dieser scheint mir hinreichend; ich erkläre es vor der ganzen literarischen Welt, um ihr *von Nutzen* zu sein: Es ist unmöglich, in ein Land zurückzukehren, wenn man amüsant sein und die Wahrheit über die Menschen, die Dinge und all die Eigenheiten sagen möchte, die ein Land allen anderen Ländern so unähnlich machen. Da Kiew in Russland liegt, stellen Sie sich bereits vor, dass ich etwas Boshaftes schreibe, dass ich nichts Wahres sagen werde, dass ich umso vorsichtiger sein werde, als ein berühmtes Werk, wie es heißt, den russischen Kaiser verstimmt haben soll; dabei befinde ich mich ausdrücklich in einer Lage, in der ich freiheraus sprechen kann. Hören Sie warum. Ich bin nicht scheinheilig, ich habe seit Langem meine Bewunderung für die absolute Macht zum Ausdruck gebracht, allerdings mit dem Vorbehalt, dass es auf Erden keine absolute Macht geben kann. Meine Gründe sind keine Paradoxa. Die Regierung eines Menschen ist mir lieber als die der Menge, denn ich spüre, dass ich mich niemals mit dem Volk verständigen oder es für mich einnehmen können werde, und denen, die sich daran versucht haben, ist es übel ergangen; dafür habe ich die vielleicht anmaßende Vorstellung, dass ich mich mit einem einzelnen Menschen, und sei er der ärgste Despot, immer verständigen könnte.

Beachten Sie, mein lieber Armand, dass Sie die Stütze einer Regierung sind, die meint, das Problem eines herzlichen Einvernehmens zwischen Volk und Souverän gelindert zu haben, und dieser Mittelweg besteht darin, den Geist, das Herz und den Bauch von siebenhundert Personen zufriedenzustellen, ohne die von der Presse repräsentierte öffentliche Meinung mit einzurechnen, die in meinen Augen das abstrakte Volk, die Seele des Volkes ist, ja, wenn Sie so wollen, sein Blut. Dabei verkompliziert die Presse unaufhörlich das Problem (beachten Sie, dass ich anders als die unverschämte Opposition nicht vom »System« spreche), indem sie einen Ideenaufstand anzettelt, der stets mit dem großen Volksaufstand verschwistert ist. Also bin ich, ohne Russe zu sein, nicht der geborene Zensor dieses sogenannten Despotismus, wie jeder Europäer, der einen Fuß in jenes Reich setzt. Ich gehe sogar noch weiter und bevorzuge die russische Regierung, die in komischer Hinsicht unendlich viel unterhaltsamer ist als die der beiden Kammern.

Zwischen den Scherzen des *Charivari*, des *Corsaire* und all unserer unbedeutenden Zeitungen über den Koloss des Nordens und die Autokratie, zwischen der Knute und den Lobhudeleien von Enzyklopädisten wie Grimm und Voltaire auf Katharina die Große gibt es meines Erachtens eine goldene Mitte. Dieses Land wurde nie geschätzt, man hat es verlacht, die Artillerie des Denkens hat es beschossen, und es wurde verhöhnt; doch wie ein unverwundbarer Bär lebt es noch immer. Dabei muss Russland im Interesse Europas erforscht werden, denn Napoleon sah es bei seinem Tod als eine Gefahr für Europa: entweder die blinde Kraft der Republiken oder die blinde Kraft der Eroberung durch die Barbaren, so das Testament des großen Kapitäns. Ich erhebe nicht den Anspruch, ein dickes Buch mit dem Titel *Über Russland* zu verfassen, sondern warne die künftigen Leser nur in Form einer Vorrede: »Nehmt euch in Acht!« Weder kann noch will ich alle Wahrheiten drucken; doch alles Folgende, obgleich in Eile und lachend vorgebracht, ist zutreffend. Ein paar Dummköpfe haben behauptet, Seine Majestät der Kaiser von Russland habe die Absicht gehabt, das Buch von Monsieur de Custine durch eine französische Feder widerlegen zu lassen, und mir bei meiner Reise nach Petersburg genügend Bauern zur Verfügung gestellt. Ich beginne also mit der Erklärung, dass ich Kaiser Nikolaus aus fünf Metern Entfernung gesehen habe, dass er mich weder bemerkt noch zu mir gesprochen hat, ja, dass er schließlich sechs Tage nach meiner Ankunft in seiner Hauptstadt nach Warschau aufgebrochen ist, sodass ich in der Manier von Reiseberichten sagen dürfte, er habe das Weite gesucht. Er hat mir keineswegs Geld gegeben, sondern vielmehr welches abgeknöpft, um mich in einem von seinem Wappen gezierten, oft mit zwanzig Pferden bespannten Wagen – der in Frankreich die gewöhnliche Bezeichnung *Postkutsche* trägt – von Petersburg nach Tauroggen zu fahren, nachdem ich sechs Wochen lang in Petersburg bleiben durfte, wo ich keinen Menschen zu Gesicht bekam. Alles, was über die Schönheit des Kaisers gesagt und geschrieben wurde, stimmt; in Europa und demgemäß auch nirgendwo sonst auf der Welt gibt es einen Mann, der ihm zu vergleichen wäre. Seine Physiognomie ist aus Voreingenommenheit unterkühlt, denn er kann wie Napoleon auf unwiderstehliche Weise lächeln. Heutzutage ist Kaiser Nikolaus der einzige Repräsentant der Macht, wie er in *Tausendundeine Nacht* dargestellt wird. Er ist der Kalif in Uniform. Verglichen mit dem Zaren ist der Padischah von Stambul nur ein Unterpräfekt. Ich für meinen Teil bin verärgert, diese bedeutende antike Erscheinung nicht erlebt zu haben, die von den Engländern in Asien überall dort, wo die Compagnie mit der Elle in der Hand zugange war, niedergemacht wurde und die in Persien derart an Bedeutung verliert, dass China und Japan die einzigen Länder sind, in denen der Souverän noch das ist, was er in Russland ist.

Es war einer der größten Fehler all derer, die in letzter Zeit über Russland geschrieben haben, dieses Land mit konstitutionellen Augen beurteilen zu wollen, es durch die englische oder Pariser Brille zu betrachten. Diese Schriftsteller ließen den russischen Charakter nicht gelten, der zutiefst asiatisch ist; sie gleichen Whistspielern, die, weil sie ausschließlich Whist beherrschen, wilde Verwünschungen gegen Menschen hervorbringen, die *Préférence* (ein russisches Spiel) oder *Reversi* spielen, und mehr oder minder geistvolle Scherze über die Dummheit eines Volkes machen, das sich anderen Spielen überlässt als dem noblen Whist.

Nun aber genug der Vorreden, ich komme zur Sache; vielleicht aber tut man den Liebhabern unveröffentlichter Wahrheiten noch einen Gefallen mit einer letzten Vorbemerkung zu den Büchern, die bis dato über Russland veröffentlicht wurden. Sagen wir es ruhig laut: Niemand war wirklich in Russland. Die französischen Kaufleute, die in diversen russischen Städten in unterschiedlichen Teilen des Reichs ansässig sind, werden alle zu Russen und lassen, einmal nach Frankreich zurückgekehrt, nie etwas zum Nachteil des Kaisers und der russischen Nation verlauten. Man darf sie also getrost ignorieren. Für die Handlungsreisenden der Ideen und für die Neugierigen wiederum besteht ganz Russland nur aus Petersburg und Moskau. Man saust in die beiden Hauptstädte, die durch eine wunderschöne, sechshundert Werst lange Straße miteinander verbunden sind, und meint, Russland bereist zu haben. Dabei hat man von Russland genauso viel gesehen wie der Kanton-Besucher von China; und nach der Rückkehr schreibt man als authentischen Überblick hundert Ungereimtheiten über ein Reich, das schon jetzt ausgedehnter ist, als es das Römische Reich unter Augustus war. Das ist meine Meinung über das berühmte Buch von Monsieur de Custine. Wenn man aus diesem Buch alle Ideen des Fürsten Koslofski streicht, dessen Name erwähnt werden darf, weil er tot ist, wenn man die zwei, drei Romane weglässt, die der Autor dort eingefügt hat, bleiben nur noch Epigramme über klimatische Phänomene, vollkommen irrige Ansichten über die Politik, Beschreibungen der russischen Herrlichkeit und etliche höchst elegant verpackte Gemeinplätze. Madame de Staël hat in *Zehn Jahre Exil* auf einigen wenigen Seiten treffender über Russland geschrieben als Monsieur de Custine.

Der letzte ernsthafte Reisende war Monsieur Cyprien Robert; seine Reise war zu jeder Stunde eine heldenhafte; er hat viel gesehen, aber er hat, von der undurchführbaren Idee einer zukünftigen Union der slawischen Rassen besessen, die slawischen Nationen durch sein panslawistisches Lorgnon betrachtet; er reiste, wie in Deutschland ein Propagandist des *Jungen Deutschland* reisen würde. Dabei ist der Zusammenschluss der Slawen zu einem riesigen, die Welt überrollenden Schneeball vorerst ebenso absurd wie die Vereinigung der Völker Deutschlands. Wie alle französischen Utopieproduzenten verkennen auch die von Staatenbünden träumenden Politiker des Faubourg Saint-Marceau die tiefen Hassgefühle zwischen jenen Mitgliedern ein- und derselben Familie. Polen und Russen, Russen und Serben oder Moldauer sind ebenso gut Freund miteinander wie Preußen und Österreicher, wie die Bayern und die Bewohner der linksrheinischen Gebiete, ebenso gut Freund wie Jansenisten und Jesuiten, Republikaner und Dynastiker in Frankreich. Diese Vorstellung verfälschte also das Urteil von Monsieur Cyprien Robert, der im Übrigen in Bezug auf die Kunst zu scharf für seine Manie des Byzantinischen angegriffen wurde. Gleichwohl haben die Veröffentlichungen dieses Reisenden, der nicht einmal ein Zehntel des weitläufigen Reiches gesehen hat, große Verdienste, da sie zahlreiche wahre Begebenheiten aufführen. Dieser Schriftsteller hat sich im Übrigen profundere philologische Kenntnisse angeeignet als viele Russologen. War er der Aufgabe gewachsen, der er sich verschrieben hatte? Seine Werke haben in Russland nur wenig Aufsehen erregt – so lautet die einzige Antwort. Nun aber, los!

Der Franzose ist ein so exklusives Wesen – denn wozu nützte ihm sein Geist, wenn nicht dazu, exklusiv zu werden, alles Nichtfranzösische als barbarisch anzusehen –, dass die überwiegende Mehrheit der Franzosen gar nicht weiß, was Kiew ist, eine Stadt, deren Name normalerweise *Kieff* ausgesprochen wird, auch wenn man sie, wie Monsieur Cyprien Robert, Kijow schreibt. Kiew also, die Hauptstadt der Ukraine, ist die heilige Stadt Russlands, die frühere Metropole, das Rom der Tataren und Russen, die ältere Schwester Moskaus, kaiserliche Residenz in Zeiten, da die Zaren der Großen Horde angehörten und sich als Zeichen ihres Vasallentums einverleiben mussten, was der Khan fallen ließ, während er die von ihnen dargebotene Milch trank. Seit dem letzten Jahrhundert haben die Zaren sich schließlich sogar die Khane einverleibt. Es gibt nur einen Zaren, und rein nominell war Fürst Krimgerai der letzte Khan; aber ich verstehe nicht, weshalb die Zaren aus Siegesstolz den Namen dieser Hoheiten nicht beibehalten haben, und finde, dass fünf oder sechs Khane rings um den Zaren ein hübsches politisches Tableau abgäben, doch in Russland gibt es inzwischen weder Khane noch souveräne Fürsten, so wie es in Frankreich keine Herzöge von Burgund, von Aquitanien und der Bretagne oder keine Grafen der Champagne mehr gibt. Der Zar hat nur noch Adjukhanten, wenn Sie mir dieses Wortspiel gestatten. Das Khanat zählte zu den größten Herrschaftsgebieten in der Geschichte der Menschheit. Im Mittelalter erstreckte es sich über mehr als ein halbes Drittel unseres Erdballs. Geblieben ist allein die zeremonielle Verkündung zum Klang der Trompeten: »Die Könige der Welt können speisen«, sobald sich der asiatische Herrscher vom Tisch erhob; auch wenn sie uns, auf den Khan von Chiwa angewandt, lächerlich erscheint, vermittelt sie doch eine Vorstellung von der Macht dieses barbarischen Kaisers, von dem die Zaren abstammen. Der große Khan war inmitten seiner Wüsten unverwundbar, und die Geschichte dieser Herrschaft, ihre Politik, waren gewiss die Schule des heutigen Russland.

Nachdem ich das katholische Rom gesehen hatte, hegte ich den lebhaften Wunsch, das orthodoxe Rom zu sehen. Petersburg ist eine Stadt in der Wiege, Moskau befindet sich erst im Mannesalter, Kiew aber ist die Ewige Stadt des Nordens. Meine Neugier, das gebe ich zu, war jedoch nur ein Abglanz meines Begehrens. Der wahre und eigentliche Beweggrund war eine mittlerweile fünfzehnjährige Freundschaft. Ich wollte Freunde besuchen, denen ich bisher nur auf Reisen begegnet war. Ich hatte von Steppen, von Bauern, Verwaltern, Schneestürmen, Juden, von der Verbindung von Kultur und Barbarei in solchen Worten, unter einem so fantastischen Anschein erzählen gehört, dass die Ukraine mir als das einzige Land auf Erden erschien, wo ich vollkommen neue Dinge und Wesen erleben konnte. Dieser Teil des Russischen Reichs ist übrigens der am wenigsten bereiste. Doch was für eine Reise! Besonders für jemanden, der Harel kannte und ihn von seiner Odyssee hatte erzählen hören, als er, damals Förderer von Mademoiselle Georges, sich der Aufgabe verschrieben hatte, die Dnepr-Kosaken in die Schönheiten der französischen Tragödie und die Scheußlichkeiten des modernen Dramas einzuweihen. Liszt und Berlioz, die letzten Reisenden der großen Künstlerfamilie, verloren über ihre Fahrten durch das große Reich, wo sie mit ihren Dirigentenknuten saftige Kontributionen erhoben, mir gegenüber kein Wort. Berlioz, vermutlich von dem perfekten Einklang zwischen Volk und Zar frappiert, sah wohl, dass in einem Land voller Harmonie nichts zu machen war; was für eine herrliche Fermate schwebt nicht zwischen Archangelsk und Warschau, zwischen Kjachta und dem Schwarzen Meer, dem Meerbusen von Kamtschatka und dem Finnischen Meerbusen. Diese beiden Musiker, vom Gerücht über die Leidenschaft des Zaren für die Musik angelockt, erkannten in ihm den Urheber einer Partitur, die all ihren Symphonien und Fantasien haushoch überlegen war. Nennen Sie mir eine Stimme, die vom Baikal bis zum Peipussee erklingt und von Amerika bis Asien, begleitet von den Glöckchen der Feldjäger! Aus all dem zog ich den Schluss, dass ich, selbst wenn ich keine Freunde in der Nähe von Kiew hätte, allein im Interesse der Literatur und der Landeskunde nach Kiew fahren sollte.

Als sich Diderot, Mercier de la Rivière und Napoleon nach Russland begaben, trafen sie weiß Gott welche Vorsichtsmaßnahmen! Der eine nahm fünfzigtausend Francs mit, der andere fünfhunderttausend Mann. Mercier machte sein Testament. Diderot schlug den Weg über Holland ein, Napoleon gelangte auf Umwegen dorthin. Lassen Sie es sich gesagt sein: Sobald es dieses Land zu bereisen gilt, ist alles bedrohlich, egal ob man die berühmtesten Beispiele oder die allergewöhnlichsten bemüht.

Wäre ich Lamartine oder Victor Hugo gewesen, hätte ich, wie Napoleon, ganz Europa mit mir nehmen können, ohne so viele Magazine und Ambulanzen wie er zu brauchen; aber ich war auf meine Weise heldenhaft, ich fuhr alleine ohne einen Dienstboten, mit einem Empfehlungsschreiben von Baron James de Rothschild und zu einer um das Zehnfache geringeren Summe als der Parlamentsberater Mercier de la Rivière, doch ich schrieb vorsorglich an den Grafen Ouvaroff, dass ich absolut nichts verstünde von den verschiedenen Dialekten der zu durchquerenden Länder und ihn bäte, mich den Behörden zu empfehlen. Des Weiteren erwies mir Monsieur Kisseleff die Gefälligkeit, mich an die Dienstfertigkeit der Grenzbehörden zu verweisen, und so trat ich auf dem Landweg meine achthundert Meilen weite Reise an, mit einem kleinen Koffer und einer Nachttasche ausgerüstet – nach englischer Art, aber ohne *desk*, denn außer meinem Reisepass hatte ich kein Fitzelchen Papier bei mir. Hätte mein Unternehmen bei den Russen, die in punkto Geschwindigkeit so leicht nichts erstaunt, keine Überraschung verursacht, würde ich es gar nicht erwähnen: Doch diese achthundert Meilen wurden in acht Tagen zurückgelegt. Ich kann nicht warten, das ist ein unverbesserlicher Charakterzug bei mir. Auf Reisen habe ich keinen Sinn für Gemütlichkeit, zumal wenn es zu Freunden geht. Rasch zugestellte Briefe schaffen diese Strecke in dreizehn Tagen; ich war zehn Tage schneller als der Brief, mit dem ich meine Ankunft ankündigte.

Nichts ist so verlogen wie die Eisenbahn-Annoncen. Auf

der vierten Seite der *Débats* hatte ich dreißigmal gelesen, dass man mit dem Chemin de fer du Nord in sechzig Stunden von Paris nach Berlin gelange, und es war dort von sechzehn Kutschenstunden zwischen Hamm und Hannover die Rede. Da die Eisenbahnstrecke zwischen Hannover und Berlin und zwischen Berlin und Krakau mit Ausnahme des Umladens von Zug zu Zug durchgängig ist und Tag und Nacht befahren wird, rechnete ich mit vier Reisetagen von Paris bis Krakau. Ich ging in das Reisebüro an der Place de la Bourse, um mir für fünf Francs diese fabelhafte Schnelligkeit zu erkaufen. Das Reisebüro händigte mir einen äußerst präzisen Plan aus, auf dem man mir die Abfahrtszeiten und die Preise der Plätze notierte; nur zwischen Myslowitz und Krakau wies man mich auf eine Lücke von zwei Stunden hin. Folglich gab es im September 1847 zwischen Paris und Krakau zwei Lücken: zwischen Hamm und Hannover und zwischen Myslowitz und Krakau, die eine sechzehn, die andere zwei Stunden lang. Ich setze jedoch sofort hinzu, dass beide Lücken zum Zeitpunkt der Niederschrift bereits behoben sind und man nunmehr in sechs Tagen von Paris nach Berditschew gelangt – statt der acht Tage, die ich brauchte, ganz zu schweigen von den achtundvierzig Stunden, die ich damals dabei verlor, wie später zu sehen sein wird. Von Paris nach Hamm hatte das Plakat des Chemin de fer du Nord die Wahrheit gesagt. Ab Paris ist man in pfeilschneller Geschwindigkeit in Köln. In einem kleinen, sehr handlichen Korb hatte ich Schiffszwieback dabei, starken Kaffee, Zucker, eine gefüllte Zunge und eine kleine

Korbflasche mit Anislikör. Das waren meine Vorräte für acht Tage, darüber hinaus musste ich nur um Milch bitten: *milk* auf Deutsch, *liko* auf Polnisch.

Wenn Sie morgens um sieben in Brüssel ankommen, bringt man Sie einmal quer durch die ganze Stadt bis zum Bahnhof in Richtung Köln. Da die Behörden eine Weile brauchen, um die Waren und Gepäckstücke umzuladen, gewährt man den Eisenbahn-Gefangenen eine zweistündige Pause. Man nutzt sie, um sich frischzumachen und zu frühstücken. Während des Frühstücks in einer riesigen, vor der Abfahrtshalle gelegenen Garküche gewahrte ich in den Blicken eines meiner ebenfalls speisenden Mitgefangenen jene Aufmerksamkeit für die unseligen Zirkusaffen, auch europäische Berühmtheiten genannt, zu denen ich zu Recht oder Unrecht zähle. Doch trotz meiner vermeintlichen Kenntnis des menschlichen Herzens war ich außerstande zu beurteilen, ob der Unbekannte mir feindlich oder freundlich gesinnt war. Theaterautoren wirft man oft das Eingreifen des Zufalls vor, aber hören Sie, welcher nun mir widerfuhr. Monsieur Kisseleff hatte mir in Paris von seiner Schwägerin, einer geborenen Potocka, erzählt – mir war sie als Frau eines Ministers des russischen Kaisers seit zwölf Jahren bekannt –, und berichtet, dass sie sich ein Palais in Palermo einrichte. Als ich auf der Suche nach einem Platz den Bahnhof betrat, erblickte ich auf dem Bretterbahnsteig Madame Kisseleff mitsamt ihrer ganzen Familie, einschließlich ihrer Schwester, Madame Olga Nariskin: Die Königin von Homburg kehrte in die Kartenschlösser ihrer Residenz zurück. Und so fanden wir uns natürlich im selben Waggon wieder. Da jene Damen die Freunde, die ich besuchen wollte, kannten, denn die Potockis sind mit allen polnischen Familien verbandelt, plauderten wir von Brüssel nach Köln auf das Angenehmste; als wir auf einen des Französischen nicht mächtigen Zollbeamten trafen, erwiesen mir die Damen den unschätzbaren Dienst, mein Gepäck aus den Tausenden von Koffern herauszupicken, die aus den Mäulern der Packwagen quollen. Eine solche Gepäckfülle auf kleinstem Raum zählt zu den größten administrativen Dummheiten, die mir je begegnet sind. Ohne die beiden Damen, die von einer bewundernswürdigen Gefälligkeit waren, wäre ich nebst meinen Koffern an dieser Klippe gescheitert, denn niemand sprach Französisch, und es war neun Uhr abends, ein eher ungünstiger Zeitpunkt, um einen Dolmetscher aufzutreiben. Ich wünschte meinen beiden Beschützerinnen ein fröhlich-wehmütiges Lebewohl, da ich nun die Wüste betrat, die sich für den Reisenden mit völliger Unkenntnis der Sprachen auftut. Ich verstand die Notwendigkeit des Pfingstfests. Heutzutage ist an diesem Wunder nur wenig Geist beteiligt: dreißig Sous Honorar und ein gutes Gedächtnis. Der Wirt des Hôtel du Rhin hatte mich schon einmal untergebracht; ich habe das Glück, ein recht einprägsames Gesicht zu haben, das man nicht so schnell vergisst, und in der Tat lotste mich der ehrenwerte Gastwirt am folgenden Tag um fünf Uhr morgens zur Abfahrtstelle.

Und so war ich unterwegs nach Hamm ohne einen Postkutschen-Mitgefangenen, allein und völlig ahnungslos, selbst was den nötigen Satz anging, um mein Gepäck zu erbitten. Der Besitzer des Hôtel du Rhin hatte mir nach einer einstündigen Beratung zwischen elf Uhr und Mitternacht die Gefahr einer eintägigen Unterbrechung in Hamm vor Augen geführt, denn er eröffnete mir, was die Eisenbahn-Annonce in Paris verschwieg. Zwischen Hamm und Hannover wurde die Strecke von einer Art Schneckenwagen befahren, deren Schnelligkeit die Deutschen so begeistert, dass sie sie *Schnellpost* nennen. Diese schnelle Post legt ungefähr zwei Meilen pro Stunde zurück, wie unsere schweren französischen Postkutschen im Jahre 1820. Man wechselt die Wagen an jedem Relais, das in Deutschland Station genannt wird, und nimmt an jeder Station Reisende mit. Bei dieser Berechnung mussten die vierundzwanzig deutschen Meilen zwischen Hamm und Hannover fünfzig statt sechzehn Stunden dauern, und nicht nur das: Um die Eisenbahn in Hannover zu erreichen, musste man in Hamm schriftlich seinen Platz reserviert haben, da die angemeldeten Reisenden vor den unangemeldeten den Vortritt hatten, und das Büro in Köln setzte das Büro in Hamm von der Anzahl der belegten Plätze in Kenntnis. Da ich mich um elf Uhr abends nicht mehr anmelden konnte, bohrte sich folgende unerträgliche Befürchtung in meinen besorgten Kopf: Wenn ich die Abfahrt in Hamm verpasste, würde ich das Zusammenspiel der Ankunfts- und Abfahrtszeiten aller Eisenbahnen zunichtemachen; ich hätte Aufenthalt in Hamm,

Hannover und Berlin. Das bedeutete die dreifache Zeit, dreifache Ausgaben und, schlimmer noch, dreifache Langeweile!

Wir erreichten Hamm und hielten auf offenem Feld; doch zum Glück strahlte die Sonne aufs Schönste.

– Nun, sagte ich mir, erinnern wir uns an die in Oper und Ballett bei den Herren Mazillier und Petitpas oder Nathalie Fitzjames unfreiwillig erlernten mimischen Lektionen.

Man warf unser Gepäck auf einen Platz, der von an Pflöcken befestigten Seilen umgrenzt wurde, und als ich meinen Koffer und meine Hutschachtel sah, klopfte ich darauf und rief: »A moi!«, während ich meine Gepäckscheine vorzeigte. Ein deutscher Bursche, den ich als Gepäckträger erkannte, griff sich meine Habseligkeiten und zog mich in einen Omnibus, der einer Postkutsche so ähnlich sah, dass ich mich schon auf dem Weg nach Hannover glaubte. Doch man brachte mich lediglich in das Postbüro von Hamm. Dort wiederholte sich das Schauspiel eines sich auf kleinstem Raum kräuselnden Ozeans aus Gepäckstücken: dreißig Reisende, dreihundert Pakete! Dreißig Reisende, die einen Schalter belagerten, und dreihundert Pakete, die auf zwei Preußen niederprasselten, die alles wiegen und notieren sollen. Da ist die Rede vom französischen Ungestüm, von den Urgewalten der Schneestürme, aber nichts ist den Stürmen des Egoismus vergleichbar, die von den Reisenden entfesselt werden. Engländer spalteten die Menge und das Paketmeer wie ein Messer den Apfel und stiegen, begünstigt von ihrem Phlegma und ihrem *ministre*, dessen Namen sie bei jeder Gelegenheit erwähnten, als Erste ein. Kleine Juden schlüpften zwischen den Beinen der Engländer hindurch und richteten sich zur Überraschung der Söhne Albions und ihrer »Ooh!« rufenden Ladys zwischen ihnen und dem Schalter wieder auf. Zwanzigmal wurde ich zurückgestoßen, aber zweimal hatte ich Glück: Ein von der ähnlichen Farbe irregeleiteter Jude reichte meinen Koffer weiter, doch ich warf meine Hutschachtel darauf, und er bemerkte höchst erstaunt seinen Fehler. Als er das sah, sagte mein Mitgefangener aus Brüssel in korrektem Französisch:

»Sie sind in Verlegenheit, Monsieur de Balzac, gestatten Sie mir, Ihnen als Dolmetscher behilflich zu sein.«

Ich war gerettet; wir gingen im selben Gasthaus essen und brachen mit demselben Wagen wieder auf. Als wir Hamm verließen, fragten wir einen rechtschaffenen jungen Deutschen, wann wir ungefähr in Hannover wären, und erfuhren nun, dass es vierundzwanzig Meilen waren und wir uns glücklich schätzen durften, mit einer phänomenalen Geschwindigkeit zu reisen, wenn wir nur fünfzig Stunden brauchten! Ich stieß einen Schreckensschrei aus, weil ich glaubte, dass wir infolge der drei in Hamm verlorenen Stunden nicht mehr den Abendzug in Hannover erreichen könnten, den mir die Pariser Reklame als Anschluss empfahl, und dass es mit der Geschwindigkeit der Postkutsche von Bordeaux zu reisen gelte, damit wir um sechs Uhr morgens am ersten Zug ab Hannover wären. Es war einem famosen Umstand zu verdanken, dass mein *rail-way*-Mitgefangener reisen wollte, wie ein Mann meiner Ansicht nach zu reisen hatte, nämlich mit zwölf Meilen pro Stunde: Es war der Doktor Roth, Arzt an der österreichischen Botschaft, der Depeschen an Herrn von Metternich überbrachte. Umgehend befragten wir unseren guten jungen Deutschen, der uns zur Umsetzung einer Idee ermutigte, die mir für den Fall vorgeschwebt hatte, dass die *Schnellpost* mich nicht hätte mitnehmen können: es mit der *Extrapost* zu versuchen.

Deutschland hat drei Geschwindigkeitsstufen, wie wir sehen werden, denn es ist das saumseligste Land, das ich kenne. Der *Positiv* der Post ist der *Eilwagen*, die Postkutschen, mit denen man eine Meile pro Stunde zurücklegt: die Flusskrebswagen. Sobald sich die Straße wölbt wie der Rücken einer fetten Frau, steigt der Postillion ab und die Reisenden aus, man zündet seine Pfeifen an, die Pferde gehen im Schritt, und wenn es gilt, ein abschüssiges Gelände mit der Neigung des Boulevard Montmartre hinabzufahren, bremst man – ein mit deutscher Gründlichkeit durchgeführter Vorgang. Der *Komparativ* der deutschen Post ist die *Schnellpost*, der Schneckenwagen, in dem wir uns befanden. Fünf bis sechs Wagen reisen gemeinsam, an ihrer Spitze der *Hauptwagen*, ein Wagen, in dem die Reisenden an ihren Plätzen bleiben, ohne sie zu wechseln, während die Nebenwagen an jeder Station ausgetauscht werden. Der *Superlativ* der Post ist die *Extrapost*; sie ist verpflichtet, eine Meile pro Stunde zurückzulegen, und sie tut es mit größter Pünktlichkeit; da man aber an jeder Station den Wagen wechseln muss, wird die *Extrapost* ständig von der *Schnellpost* überholt. Wenn man seinen eigenen Wagen (*Extrapost*) hat, die deutschen Postillione überbezahlt und ihnen deutlich mehr gibt als den französischen Postillionen, wenn die Postillione untereinander sagen: »Du kannst den Herrn ruhig ausnehmen, er ist Franzose!«, legt die *Extrapost* drei Meilen pro Stunde zurück. Das Tempo der Briefpost zwischen Forbach und Frankfurt erscheint Deutschland als ein Wunder der Geschwindigkeit. Dementsprechend sahen wir uns, nachdem wir die *Extrapost* genommen hatten, von dem Konvoi überholt, aus dem wir gerade ausgestiegen waren, und das nicht ohne erhebliche Mühen: Die dreihundert Pakete waren bunt durcheinander auf drei Hauptwagen verfrachtet worden; und als wir an der ersten Station von unserem Recht Gebrauch machen und die *Schnell-* gegen die *Extrapost* eintauschen wollten, was allen deutschen Reisenden als eine Torheit erschien, vor allem den Juden, die uns im Wissen um die Gepflogenheiten dieses Landes auslachten, leistete der Postillion der langen Wagenkolonne heftigen Widerstand; ich fragte den Doktor, ob er einen Ausweis als Depeschenkurier hätte, und riet ihm, sein Ansehen und seinen Titel geltend zu machen. Der Postillion, der fürchtete, für die Verspätung eines Kuriers für den Fürsten von Metternich verantwortlich zu sein, ließ uns die drei Kutschhimmel durchstöbern, und es brauchte unseren ganzen Feuereifer und den Drang, unser Ziel zu erreichen, um in nicht einmal einer Stunde unsere Pakete wiederzufinden. Welche Revolution hätte ein solches Vorgehen in Frankreich bewirkt! Es hätte gewiss eine Meuterei gegeben. Und was taten die Deutschen? Sie stopften ihre Pfeife, begannen zu rauchen und belächelten die Sinnlosigkeit dieses Unterfangens.

Der Deutsche treibt sein Phlegma bis zur Erhabenheit. Hier nur eines von Tausenden Abenteuern, die für dieses Volk bezeichnend sind. Zwei Züge fahren in den Sorauer Bahnhof ein, wo beide das Gleis wechseln sollen. Dieser Wechsel findet immer gegen acht Uhr abends statt. Für gewöhnlich trifft einer der Züge vor dem anderen ein; eines Abends aber kam der spätere Zug zuerst und blieb stehen. Der verspätete Zug, gewohnt der erste zu sein, hielt direkt gegenüber dem anderen, weil niemand mit einem zeitlichen Vorsprung rechnete, zumal jeder Zugführer den anderen mit dem Signal *Ich bin da* in Kenntnis gesetzt hatte. Man rechnete mit einem verspäteten Zug, einem Güterzug, und die friedliebenden Deutschen harrten der Dinge, warteten schlafend oder rauchend in gegenseitiger Anwesenheit die ganze Nacht aufeinander, während die Angestellten auf ihrem jeweiligen Bahnsteig auf- und abspazierten, ohne sich weitere Fragen zu stellen. Gegen acht Uhr morgens verspürte ein in seinem Waggon gefangener Hofrat Hunger und ging zum Frühstücken in das Restaurant, in dem beide Züge speisten. Als er dort auf einen anderen Hofrat traf, grüßten sie einander gewichtig und erfuhren, indem sie gemeinsam über die Gründe des ihnen etwas übertrieben dünkenden Wartens nachsannen, dass sie jeweils in dem beiderseits ersehnten Zug saßen. Kein einziger Reisender beklagte sich, und die tapferen Deutschen rieben sich die Hände und priesen die glückliche Begegnung der beiden Hofräte, der sie ihre so prompte Befreiung zu verdanken hatten.

Diese Begebenheit wurde mir von zwei jungen Eheleuten berichtet, die mit einem der beiden Züge reisten und gewiss ihre Gründe hatten, sich nicht mehr zu beschweren als die tapferen Deutschen. Da die beiden Züge sich geleert hatten und die Reisenden frühstückten, blieb man, allerseits zufrieden, im Restaurant sitzen. Man heizte die Lokomotiven. Die Frühstückspausen der Heizer und der Deutschen nahmen anderthalb Stunden in Anspruch, und als es einzusteigen galt, mussten die Zugführer, wollten sie sich nicht dem Verdacht der Barbarei aussetzen, warten, bis auch die zuletzt Eingetroffenen ihr Frühstück beendet hatten.

Nachdem wir unsere Pakete zurückbekommen hatten, erreichten wir gerade noch die *Schnellpost* am Relais und begriffen die Augenwischerei der *Extrapost*, solange man sich nicht im eigenen Wagen fahren lässt. Mit dem Geld in der Hand und unzähligen Gefälligkeiten dauerte es am hellichten Tag gut zwanzig Minuten bis die Wagen gewechselt, die Pferde angespannt und die Quittungen ausgestellt waren. Es galt, die vierte Geschwindigkeitsstufe einzulegen, die, wie wir gleich sehen werden, ein Privileg der Diplomatie ist. Ein Reisender, der im Besitz eines Ausweises für Depeschenkuriere ist, kann sich Kurierpferde geben lassen. Die Kurierpferde samt Postillion müssen die deutsche Meile in einer halben Stunde zurücklegen. Das entspricht dem Tempo unserer Briefpost, und ich muss es sagen, damit die Deutschen Bescheid wissen: Die Pferde der deutschen Post laufen frohgemut, leicht und mühelos, denn die deutschen Landstraßen sind ausgesprochen eben, ohne die zahllosen Steigungen wie in Frankreich; es reichte uns also ein gutes Trinkgeld, um mit erhöhter Geschwindigkeit das Gespann einholen zu können. Doch als die jeweiligen Stationsvorsteher von unserer Absicht erfuhren, um sechs Uhr morgens in Hannover den ersten Zug zu nehmen, um noch am selben Tag Berlin zu erreichen und drei Stunden später nach Breslau weiterzureisen, führten sie uns die Unmöglichkeit unseres Ansinnens vor Augen, zumal wir in Hamm und bei unserem Wechsel von der *Schnell-* zur *Extrapost* sechs Stunden verloren hatten. Was halten Sie von einer solchen Ausbeutung des Reisenden? Von diesen drei Stufen, die jeweils einen anderen Preis haben? Das ist ganz typisch für Deutschland: Dieses Preisspektrum findet sich auch bei den Gastwirten, überall stößt man auf Positiv, Komparativ und Superlativ. Fast alle Deutschen geben sich mit dem Positiv, der *Schnellpost*, zufrieden; für sie scheint ein Tag mehrere Tage zu haben, sie scheinen Kredit auf die Ewigkeit aufnehmen zu können. Die französischen Kommunisten meinen, Deutschland zu einem bewaffneten Aufstand animieren zu können, und höchst geistvolle, patriotisch gesinnte Deutsche sagten mir: »Warten Sie nur, wenn der Bär erstmal die Tatze hebt, hört er nicht mehr auf! Denken Sie nur an Luther!« Zu Luthers Zeit wurde jedoch nicht geraucht, und nicht zuletzt schenkte Luther den Deutschen eine Beute in Form der aufzuteilenden Kirchengüter.

Mitten in der Nacht erreichten wir eine kleine Stadt bei Hannover, und da mir die im Relais und für den Wagenwechsel nötige Zeit zu lang wurde, glaubte ich, dem Doktor fehle es an Biss: Ich bat ihn, sich zu ereifern, und er tat es. Der Reitknecht, der eine ganze Viertelstunde gebraucht hatte, um einen Wagen aus den Tiefen eines Hofs zu ziehen, ließ alles stehen und liegen, bevor er wiederkam. »Mit den Pferden?«, fragen Sie nun sicher. Mitnichten!

Er kehrte mit einer polizeilichen Verordnung zurück, die er im Stall abgehängt hatte und welche vorsah, dass er nach Mitternacht nur eine halbe Stunde für den Wagenwechsel und das Anspannen aufwenden durfte. Dabei muss man wissen, dass in Deutschland der Postillion, der abspannt, demjenigen, der anspannt, niemals zur Hand geht; der Ankömmling kümmert sich nur um seine Pferde; und ob gut oder schlecht bezahlt, schert er sich nicht um das, was danach geschieht, gerade so als wäre es ihm ein Anliegen, dass der Reisende seinen Weg nicht fortsetzen kann. Höchst verärgert und um die Bedeutung der vergeudeten Minuten wissend, zog ich ein Fünffrankenstück aus meiner Tasche und rief auf Französisch: »Voici mon règlement!« Es heißt, Louis-Philippe habe wenig Macht; aber ich bestätige, dass der bloße Anblick dieses Herrschers über das Hannoveraner Phlegma siegte.

Wir fuhren nach sechs bis sieben Minuten ab. Sie werden

noch sehen, welchen Preis diese Minuten hatten. Noch nie hatte ich, mit einem Fremden, versteht sich, eine angenehmere Reise als auf diesen vierundzwanzig Meilen. Doktor Roth ist, wie alle Deutschen mittleren Standes, ein ausnehmend gebildeter Mann, dem der Aufenthalt in Paris ebenso wie Koreff, Heine und dem Geheimrat Koelb etwas von der französischen Lebendigkeit vermittelt hatte. Er war Sammler, wir plauderten über Porzellan, und er befreite mich von manch einer Schwäche in ernsten Fragen der Keramik. Kurzum: Wir plauderten während der vierundzwanzig Meilen ununterbrochen.

Station um Station näherten wir uns Hannover. Endlich konnten wir zum großen Erstaunen der Deutschen, die so früh schon auf den Beinen waren, im rasenden Galopp der wie eine Lokomotive dampfenden Pferde blitzartig vor dem Bahnhof einschlagen, gerade als das letzte Läuten ertönte. Der Kraftakt war gelungen; er war es jedoch nur aufgrund der Länge des letzten Streckenabschnitts, der meines Wissens vier Meilen betrug; wenn wir ein weiteres Mal hätten wechseln müssen, wäre alles vorbei und der enorme Aufwand gänzlich vergebens gewesen; doch mit einem Golddukaten als Trinkgeld war der letzte Postillion gefahren wie die Briefpost von Bordeaux, die manchmal fünf Meilen pro Stunde zurücklegt; die Straße ist übrigens flach wie ein weißes Blatt Papier. Wir waren nachmittags um drei Uhr in Berlin, am folgenden Morgen in Breslau, und gegen zwei Uhr verabschiedete sich der Doktor an der Abzweigung nach Wien von mir; doch dieser liebenswürdige

Mann hatte unter den Reisenden den Bruder des russischen Konsuls in Krakau erkannt, der auf dem Weg nach Krakau war und mich unter seine Fittiche nahm. Dank dieser Kette von Gefälligkeiten, an denen es mir bis Brody nicht fehlte, konnte ich sorglos reisen. Dieser Russe, ich glaube, er war Adjutant des Gouverneurs von Wilna, behandelte mich mit ausgesuchter Aufmerksamkeit. Da wir jedoch nicht im selben Waggon saßen, musste ich ganz allein eine ungeheuerliche mimische Energie aufbringen, denn glücklicherweise konnte ich vom Bahnsteig aus das Umladen des Gepäcks nach Wien beobachten und sah, wie man meinen Koffer gerade in die Wiener Eisenbahn verfrachten wollte. Abermals hieb ich mit meinem Stock auf den Koffer und rief: »A moi! A moi! Myslowitz! Krakau!«

Nichts erstaunt die Deutschen so sehr wie das französische Gepolter; es hat für sie etwas so Ungewohntes, so Barbarisches, etwas ihrer Haltung so Entgegengesetztes, dass sie genauso aus ihren Gedanken gerissen werden, als ob man »Feuer!« riefe und plötzlich alle Köpfe einer Kleinstadt an den Fenstern sieht: Die Neugier spricht aus all den sanftmütigen Mienen und befeuert ihre Augen. In Heidelberg und in Lausanne hingegen, wo mir zwei vergleichbare Abenteuer widerfuhren, wurde mein Ungestüm als Trunkenheit gedeutet, eine Interpretation, die zugegebenermaßen aufgrund meiner rötlichen Gesichtsfarbe einer gewissen Wahrscheinlichkeit nicht entbehrte. Der auf meine Wenigkeit beschränkte Aufstand ließ einen des Französischen mächtigen höheren Angestellten herbeieilen, der das Ausmaß des Versehens für einen des Deutschen Unkundigen begriff; er ließ meinen Koffer wieder in das Abteil nach Myslowitz bringen und versicherte mir, ein solcher Vorfall der Pakets-Beleidigung sei bisher noch nicht vorgekommen: In Anbetracht des allgemeinen Erstaunens, das die Bekanntgabe dieser Tatsache auf sämtliche deutsche Gesichter malte, glaubte ich ihm.

Ich war zufrieden mit diesem Sieg der französischen Ungeduld über das deutsche Phlegma, denn allerseits wurden Ausrufe wie *Mein Gott* und *Terteifel* laut, die jenen hundert Reisenden bewiesen, dass ich im Stile Arnals *nicht betrunken war* und dass ich recht hatte mit meinem famosen »A moi! A moi!«, das für Entsetzen gesorgt hatte, weil es in dem Tonfall vorgebracht wurde, den ich mir eigentlich aufhebe, um eines Tages die Unwetter der Kammer zu bezwingen. Unsere Söhne werden nie erfahren, welchen Unannehmlichkeiten ihre Väter durch die Streckenabschnitte der Eisenbahn ausgesetzt waren, weil sie ein komplett mit Schienen ausgelegtes und wie ein Klavier funktionierendes Europa kennen werden: Sie müssen sich nur auf eine Taste stellen, und die Eisenbahn wird sie ans Ziel ihrer Reise katapultieren, so wie der Musiker einen Ton erzeugt.

Von einer behäbigen, mit Tannenholz geheizten Lokomotive, die langsamer war als die Briefpost von Bordeaux, Richtung Krakau gezogen, riet man mir, in Gleiwitz zu bleiben statt bis nach Myslowitz weiterzufahren. Obgleich man in Myslowitz nur noch drei Meilen von Krakau entfernt ist, mussten, wie man mir sagte, erst neue Pferde aus Krakau geholt werden; und mit der den Deutschen eigenen Langsamkeit konnte es vorkommen, dass man zehn oder zwölf Stunden auf offenem Feld in Myslowitz bleiben und dort die Nacht verbringen musste, um schließlich zu erfahren, dass es gar keinen Wagen gab. Gleiwitz ist eine Kleinstadt, von der eine Postkutsche nach Krakau geht. Der russische Adjutant und ich waren einer Meinung und begaben uns nach Gleiwitz. Gütiger Gott! Diese Länder rechtfertigen voll und ganz den Aufschrei des französischen Soldaten, der in diesen Gefilden einst ausgerufen hatte: »Und diese Leute nennen das ein Heimatland!« Was für Wirtshäuser! Was für Fleisch! Was für eine rohe Art, das Essen zu servieren! Das Fleisch ist ein Gewebe aus dicken Fäden. Sie meinen zu essen, aber in Wirklichkeit zerkleinern Sie Hanf, der Ihnen zwischen den Zähnen hängenbleibt; und mit der Zeit haben Sie ein unverdauliches Päckchen Flachs im Mund; das Ganze zu horrenden Preisen.

Zwischen Gleiwitz und Krakau befindet sich die Grenze; es galt eine Durchsuchung zu überstehen und den Wagen zu wechseln, denn von einem Land zum anderen leiht man einander keine Wagen. Einen Wagen sechs Meilen weit auf sein Gebiet zu lassen, fällt unter das, was man internationalen Transitverkehr nennt. Nie im Leben werde ich die Szene vergessen, die mir ein österreichischer Angestellter machte, als er mich, nicht um meine Unkenntnis des Deutschen wissend, mit Paketen in beiden Händen und dem Hut auf dem Kopf erblickte und sich wütend darüber ereiferte, dass ich nicht barhäuptig in seiner Kanzlei stand; er selbst trug einen Morgenmantel, Pantoffeln und eine Schlafmütze. Er fragte, wo ich erzogen worden sei; der Russe erwiderte, dass ich allem Anschein zum Trotz ausnehmend gut erzogen sei; doch er nannte mir den Gegenstand dieser Auseinandersetzung, und so legte ich meinen Hut auf den Altar des Friedens, sprich, auf die Kasse. Dieser Angestellte brachte fast eine halbe Stunde damit zu, seine Waage zu suchen und die Dukaten zu wiegen, die er für ein paar in Wien erstandene und durch Preußen gereiste Krawatten, die allein aufgrund dieser Tatsache angeblich preußisch waren, als Zoll verlangte. Er wog dreißig Dukaten, bevor er fünf für geeignet befand. Eigenem Bekunden nach war er außerstande zu erkennen, ob die Krawatten österreichischer Herkunft waren. Diese Untersuchung sollte in Krakau stattfinden, und während er die Gebühr einstrich, stellte er eine Quittung aus und ließ die Krawatten plombieren. Wir blieben zweieinhalb Stunden dort. Es versteht sich von selbst, dass der russische Konsul, als er von dieser Angelegenheit erfuhr, seinen Bruder bat, nur ja nichts zu unternehmen, um seine fünf Dukaten wiederzubekommen. Das bedeutete einen Prozess mit dem österreichischen Zoll, der ihn, wollte er ihn gewinnen, fünf oder sechs Wochen beschäftigen würde. Man soll es nicht glauben, aber es war bereits die zweite Angelegenheit dieser Art, deren Zeuge ich wurde! Madame Nariskin reiste mit einem kleinen Handarbeitskorb voller Tapisseriewolle, die sie in Deutschland gekauft hatte, denn die Überlegenheit der deutschen Stickwolle ist legendär, und ich bin gezwungen, die französische Industrie in Kenntnis zu setzen, dass sie in diesem Punkt weit von der deutschen entfernt ist. Nun gut, nachdem Madame Nariskin in Belgien die Abgabe für die Wolle in ihrem Korb entrichtet hatte, war sie abermals verpflichtet, die Abgabe auch an der preußischen Grenze zu zahlen, obgleich es sich doch um ihre Reisearbeit handelte. Sie protestierte, der kleine preußische Zöllner sprang mit dem Korb bewaffnet in den Zug und erstattete seinem Vorgesetzten in Aachen Bericht. Und ist es zu glauben? Dieser Vorgesetzte nahm sich zwanzig Minuten lang der Angelegenheit an, lobte seinen Angestellten für seine Schikane und beschloss, dass die (natürlich deutsche) Wolle ihre Abgabe zu zahlen hatte. Wer wird jemals die Reisenden für alle Abscheulichkeiten des Zolls rächen? Obwohl ich mich meinerseits über keinen Zöllner oder Zoll irgendeines Landes beklagen kann, selbst nur Höflichkeiten erfahren habe und den Schmuggel auf dem kümmerlichen Niveau von Gepäck als eine Feigheit betrachte, wurde ich Zeuge von Verfahren, die sogar den Wilden die Röte ins Gesicht treiben würden. Wer findet Worte für diese beiden Lumpereien, die im Namen einer Regierung begangen wurden? Und die verlorene Zeit! Und die verstreuten Habseligkeiten, die man erst aus- und dann wieder einpacken muss! Man hatte mir vor dem russischen Zoll in Radziwillow solche Angst gemacht, dass ich alte Leibwäsche, alte Kleider, alte Handschuhe und alte Stiefel mit mir trug – kurzum, ein untadeliges Gepäck.

In Krakau trennte ich mich von meinem reizenden Russen und musste die österreichische Briefpost nehmen, die quer durch ganz Galizien von Krakau nach Lemberg fährt; doch die Briefpost aus Wien kam nicht; ich musste die Krakauer Post nehmen und einen ganzen Tag in Krakau bleiben. Bis jetzt war ich seit Paris Tag und Nacht unterwegs gewesen ohne anzuhalten; ich glaubte, wenn ich mich ausruhen würde, wäre ich verloren und würde die von den Beschwernissen der Reise in Schach gehaltene Zerschlagenheit spüren; also besichtigte ich Krakau, ich sah mir den Ruhm des verblichenen Polen an, die legendäre Kathedrale des Krakauer Schlosses, das Monsieur de Choisy im vergangenen Jahrhundert mit seiner Verteidigung berühmt gemacht hatte.

Die Krakauer Kirche lohnt den Besuch der Stadt, sie ist voller Grabkapellen, deren verschwenderische Reichtümer nur mit Rom und einigen belgischen Kirchen zu vergleichen sind. Man sieht dort in Treibtechnik ausgeführte Särge aus Silbergold, auf deren Längsseiten Schlachten mit sechs- oder siebenhundert Figuren und Pferden dargestellt sind. Es gibt Kappellentüren aus ziselierter Bronze, deren Flügel wie auf einem beidseitigen Schal jeweils vollkommen andere, noch dazu wunderbar gearbeitete Arabesken zeigen und die davon zeugen, dass man Bronze und Kupfer im vierzehnten Jahrhundert vielleicht besser zu bearbeiten wusste als heute. Diese Kirche birgt Schätze. Und dabei konnte ich noch nicht einmal sehen, was eigens als Schatzkammer bezeichnet wird, es fehlte mir die Zeit, um die nötige Erlaubnis zu erhalten. Außerdem herrscht ein Überfluss an silbernen Statuen, an Altären aus getriebenem Silber und liturgischem Gerät. Die Battori, Koribut, die Jagiellonen und andere polnische Dynastien haben dort ihre Spuren hinterlassen. Krakau wiederum ist der Kadaver einer Hauptstadt, und damit nur ja nichts fehlt, sind die Juden, diese Nagewürmer, dort geblieben. Nun traf auch die Briefpost aus Wien ein, um zur selben Zeit wie die Krakauer abzufahren, es war ihr nichts Schlimmes zugestoßen: nur einige zusätzliche Reisende, zwei Hauptwagen, drei Nebenwagen und zahllose Pakete. Für jemanden, der Deutschland kennt, war diese Verspätung absolut verständlich.

Ich passierte Wieliczka bei Nacht, ohne etwas von den berühmten Salzminen sehen zu können – vielleicht ein andermal. Ich durchquerte sodann Galizien, wo die grausame Fantasie des Polnischen Komitees in Paris, das sich eine Schlacht ohne Gewehre, ohne Stichwaffen, ohne Artillerie und ohne Pulver liefern wollte, von sämtlichen Gutsbesitzern verwünscht wurde: Österreich war gewiss grausam, die nach Frankreich geflohenen Polen aber waren schlichtweg dumm. Doch die politische Inkonsequenz der Flüchtlinge ist dem Hass gegen ihre unterworfenen Landsleute ebenbürtig. Ich habe die Klagen der Opfer gehört, und sie hatten den Verschwörern in Paris weitaus mehr vorzuwerfen als ihren Wiener Unterdrückern. Die Polen in Paris berauschen sich an Utopien, sie wissen nichts mehr von ihrem Land, und um ihre Nationalität künstlich wiederzubeleben, nehmen sie ohne Weiteres das

Massaker von sechstausend Gutsbesitzern und den Tod von sechzigtausend Bauern in Kauf; damit Sie es wissen: Diesen Winter sind sechzigtausend Bauern an Hunger und Krankheit gestorben. Die Unglücklichen, denen die Regierung Ländereien und Freiheit versprochen hatte, hielten sich alle für reich, niemand arbeitete, das Land lag brach, und sie gingen an Not, Hunger und Typhus zugrunde. Gewiss ist die von Österreich erfundene Unterdrückung widerwärtig; wohl aus wirtschaftlichen Gründen hat es die unwissenden Massen gegen die Adligen aufgebracht; aber die Regierung hatte eine Entschuldigung: Sie war angegriffen worden, während die Polen in Paris ohne jede Aussicht auf Erfolg von sich aus angriffen. Beim Verschwörer wird der Fehler zum Verbrechen, beim Unterdrücker das Verbrechen zum Fehler. So lautet die abstrakte Wahrheit über die jüngsten Ereignisse in Galizien.

Die galizischen Edelleute wollten womöglich nichts lieber als rebellieren, denn das österreichische Joch ist in Galizien wie in Italien unerträglich und lässt das russische wünschenswert erscheinen; doch die Galizier, mit denen wir über die Verschwörung sprachen, waren ausnahmslos einer Meinung und sagten: »Wo sind eure Kanonen? Wo sind eure Waffen? Wo sind eure Unterstützungen, eure Hilfstruppen? Dieser Aufstand ist ein Irrsinn, wir haben nichts mehr, nicht einmal mehr die Säbel unserer Vorfahren!« Die wütenden Kommunisten antworteten wie 1792: »Es sterben die Menschen, es leben die Prinzipien!« Und diese blutige Torheit hat hunderttausend Menschenleben gekostet und Galizien für zehn

Jahre ruiniert. In Frankreich haben die Abgeordneten beider Kammern die Polen angehört, und es ist bekannt, welchen Widerhall Worte und laute Entrüstung dort finden. In der Tat war Galizien ausgeblutet, und dieses Massaker war wie das der Türken in Chios beredter als die Wahrheit. Das, was ich Ihnen hier sage, wird keinen großen Beifall finden, es ist aber die Wahrheit: Auf allen Wegen belagerten ausgehungerte Gespenster, die man mit Peitschenhieben vertrieb, die Wagen, aus denen, sagen wir es ruhig, üppige Almosen fielen.

Am siebten Tag nach meiner Abreise fuhr ich um fünf Uhr morgens in Brody ein, eine Stadt, die zur Gänze einem Edelmann aus Wolhynien gehört und in der eifrig gehandelt wird. Unsere Gefängnisse haben ein erfreulicheres Aussehen als die Zimmer des Hôtel de Russie, des ersten Hauses in Brody. Ich wartete fünf Stunden, bis der Eigentümer und die Knechte auf den Beinen waren. Für mich begann die Reise erst in Brody, da mir die hundert Meilen zwischen Brody und Berditschew länger und mühseliger erschienen als die siebenhundert Meilen von Paris nach Brody. Zunächst einmal taten sich Schwierigkeiten auf. Die Juden feierten eines ihrer größten Feste, und wenn die Juden ihre religiösen Zeremonien abhalten, kommt das Geschäftsleben zum Erliegen. Von Brody an ist alles in Händen der Juden. In keinem Buch habe ich genaue Angaben über diese Eroberung Polens durch die Hebräer gelesen. Der Jude herrscht, obwohl er nicht regiert, so viel ist sicher! In Deutschland und Frankreich sind die Juden Leute wie Sie und ich; ihre Religion und ihre Sitten verschmelzen so mit der gesellschaftlichen Bewegung, der sie sich eingliedern, dass alles, was den Juden ausmacht, verschwunden ist, außer seinem Handelsgeschick und seiner Habgier; doch seine Habgier streift sich gelbe Handschuhe über, sein Geschick französisiert sich: Er ist Dichter wie Heine, Musiker wie Meyerbeer und Halévy, Sammler wie die Foulds, großzügig wie die Rothschilds, während ab Krakau die echten Talmudisten auf den Plan treten. Als Kaiser Franz II., dieser spöttische Herrscher, dessen Leben noch auf einen (erst in dreißig Jahren möglichen) Historiker wartet, die Große Synagoge in Brody betrat und die hochpriesterlich kostümierten echten Juden mit ihren päpstlichen Kleidern aller Grade erblickte, beugte er sich zu dem Prinzen in seiner Begleitung und sagte mit der Miene eines Mannes, der endlich des Rätsels Lösung gefunden hat: »Ach! Nun weiß ich, weshalb ich König von Jerusalem bin!«

In keinem anderen Land der Welt hat sich die jüdische Nationalität dreister eingepflanzt – wie Moos auf dem Felde – als in Polen, und ich verstehe die Abneigung, die man dem Zaren Nikolaus gegen diese usurpatorische Macht nachsagt. Die Juden gaben keine ihrer Gewohnheiten auf, sie machten keinerlei Zugeständnisse an die Sitten des Landes, in dem sich ihre Rasse ausbreiten sollte. Es ist ihnen untersagt, Ländereien zu besitzen, in Russland sogar, sie zu pachten: Sie können nur Handel und Wucher treiben, und so handeln und wuchern sie, dass es eine wahre Lust ist. Ich habe gesehen, wie sie durch die kleinen Städte wuseln wie Fliegen, wie sie ihre Synagogen in ihren päpstlichen Verkleidungen besuchen, über deren Absonderlichkeit ich lächeln musste, so wie man über eine Maskerade lächelt, die gleichwohl niemanden verwunderte. Der polnische Jude fürchtet sich stets vor den Repressalien, unter denen seine Vorfahren im Mittelalter gelitten haben, und die Gewohnheit, sein Vermögen in ein kleines, tragbares Päckchen zu verwandeln, ist bei ihm gleichsam zu einem unauslöschlichen Rasseinstinkt geworden. Mit Ausnahme von zwei oder drei kolossalen jüdischen Häusern, die im Übrigen den Adel oder die Baronisierung anstreben und sich jeweils in Berditschew und Nikolajew befinden, konzentrieren alle Juden ihre Gewinne wie folgt. Ihre Frauen tragen eine typische Haube mit zwei riesigen *cœurs de choux* aus Schmuck, die rechts und links über der Stirn platziert sind und sich von einem Perlenhintergrund abheben. Dort befindet sich das Vermögen eines jeden jüdischen Haushalts. Der Jude hat nichts anderes im Sinn als seine kleinen Perlen gegen große und seine großen gegen noch größere einzutauschen; sodann Perlen mit minderem Glanz durch ungetrübt glänzende und, weiter, durch makellos leuchtende zu ersetzen. Ähnlich verhält es sich mit den Diamanten. Sie verstehen also, dass es Jüdinnen gibt, die Hauben zu hundert-, zweihundert-, dreihundert- und oft sechshunderttausend Francs tragen, was einer Million in polnischer Währung entspricht. Dementsprechend ist Polen das Land mit den meisten und schönsten Perlen der Welt. So erklären sich die berühmten Colliers der Waleski, der Gräfin

Kisseleff und der Fürstinnen Sangusko. Eine Perlenkette zu tausend Dukaten ist in Polen gar nichts, man verschwendet kaum einen Blick darauf! Als ich in Dresden zum ersten Mal die Perlen der Gräfin Thaddée Waleska sah, war ich gänzlich verblüfft: jedoch nicht über den Anblick der Perlen – ich hatte bereits die Perlen im Grünen Gewölbe in Dresden, in der Kaiserlichen Schatzkammer in Wien und in der Goldenen Schatzkammer in Petersburg gesehen –, sondern darüber, auf der schneeweißen Brust einer Person, deren gleichwohl sehr ansehnliches Vermögen den legendären Reichtümern der Branicki, Hanski, Potocki, Sangusko, Czartorisky etc. nicht das Wasser reichen konnte, unvorstellbar ebenmäßige, dicke und glänzende Perlen zu sehen. Ich erfuhr sodann, dass die Gräfin Waleska von ihrer Familie drei solcher Ketten, darunter eine sechzehnreihige, geerbt hatte.

Im Übrigen trägt man in Polen seine Perlen ständig, selbst nachts, damit sie nicht sterben. Mit einer Perle ist es wie mit der Mode: Man muss sie richtig zu tragen verstehen. Allein in Polen weiß man, was Perlen sind. Die der Gräfin Kisseleff sind riesig, und an dem Tag, als ich ihr in der österreichischen Botschaft begegnete, riss der Faden und die Perlen kullerten über den Teppich. War es eine Koketterie? Ich weiß es nicht; als Verschluss dient ihnen der berühmte Diamant der legendären Griechin, ein Diamant im Wert von einer Million, der übrigens unter dem Namen Potocki-Diamant gehandelt wird. »Die Juden«, sagte mir die Gräfin mit der ihr eigenen Beiläufigkeit, »leihen mir fünfhunderttausend Francs darauf!«

Auch die Perlen aus dem Hause Sangusko sind hochberühmt, aber wir werden in Bezug auf die Schatzkammer in Kiew noch Gelegenheit haben, über Perlen zu sprechen. Wie man sich denken kann, gehen die Juden mit ihren Diamant- oder Perlenketten und mit der Haube ihrer Frauen überall hin, sie fordern das Unglück heraus. Die Kenntnis der Diamanten und Perlen ist offenbar bei allen Juden eine angeborene Wissenschaft, sie gehen an der mütterlichen Brust zur Schule, und von zartester Kindheit an sind ihre Augen gewohnt, Edelsteine und Perlen zu betrachten und zu taxieren.

Juden heiraten zwar niemals Christen, aber sie wechseln die Religion, um adlig zu werden und Ländereien zu besitzen. Es lassen sich mehrere solcher polnischen und russischen Familien jüdischer Herkunft anführen. Mit den Juden in Polen verhält es sich wie mit den Mestizen in den Vereinigten Staaten: In der fünften Generation ist der ursprüngliche Makel noch immer nicht getilgt und bleibt dem Gedächtnis der polnischen Feudalherren eingeschrieben. Das Verlangen, unermessliche Reichtümer zu konsolidieren, lässt den Juden zum Christen werden; die Taufe ist ihre *savonnette à vilain*. Die Juden verhalten sich untereinander wie die Zuchthäusler in der Strafkolonie, wie die Schauspieler, wie alle geächteten Rassen; was bedeutet, dass sie auf besondere Weise gläubig sind. Nichts reicht ihrer Kühnheit im Spekulieren das Wasser. Unermessliche Vermögen streben empor und verschwinden mir nichts, dir nichts wieder in der Versenkung. Vor fünfzehn

Jahren beispielsweise besaß das Haus Nathanson in Brody rund fünfzig Millionen. Was ist aus diesem Reichtum geworden? Das ist die Frage. Inzwischen hat die Firma Hausner, ein Schweizer Haus, die Nachfolge der Nathansons in der angesehenen Hochfinanz angetreten, so wie das Haus Halpérine – seine Gründung geht auf die Personen zurück, bei denen ich gerade weile – der König von Berditschew ist. Die Juden sind ausnehmend diebisch, in dieser Hinsicht sind sie den Chinesen eng verwandt. Man kann sich kaum vorstellen, wie viele Pferde gestohlen werden, vor allem an den Grenzen. Auch vor einem Mord schreckt der Jude nicht zurück, sobald es um eine hohe Summe geht. Diese Rasse ist abergläubisch und hat eigenartige Gewohnheiten, sie hat sich wilde Bräuche bewahrt. Wenn es innerhalb einer Familie einen Juden gibt, dem jeder Sinn für Ausplünderung fehlt, der unfähig ist, die Dukaten in Säure zu waschen, die Rubel abzuknapsen, die Christen zu betrügen und der in Müßiggang lebt, dann ernährt ihn die Familie und gibt ihm Geld: Er gilt als Genie. Das ist das Gegenteil der zivilisierten Länder, wo ein Mann von Genie in den Augen der Bürger ein Dummkopf ist; nun muss aber der jüdische Familienheilige beständig die Bibel lesen, fasten und beten wie ein Fakir. Die Familie Rothschild hat ihren Heiligen, der ein solches Genie ist.

Sebst wenn Millionen zu gewinnen wären, verlassen die Juden in Brody ihre Zeremonien nicht; es war folglich unmöglich, ein Geschäft für meine Beförderung von Brody nach Berditschew abzuschließen, denn ich wollte mich erst unter dem schützenden Dach meiner Freunde ausruhen. Ein anderes Hindernis: Der russische Zoll öffnet erst um zehn Uhr, und außerdem ist der Zoll in Russland eine politische Institution; er prüft die Pässe, und selbst Personen mit regulären Pässen können an der Grenze gut und gern abgewiesen werden. Dementsprechend riet mir der Wirt des Hôtel de Russie, meinen Pass vorausschicken zu lassen, um ihn auf seine Tauglichkeit zu prüfen. Er schien nicht viel auf das Empfehlungsschreiben zu geben, von dem ich ihm berichtete. Der gute junge Mann war mit dem Französischen kaum vertraut, er kannte Frankreich vom Hörensagen und gestand mir, dass außer den Gesellschaftsdamen, Hauslehrerinnen und Hauslehrern, die kolonnenweise ins Land einreisten, höchstens drei Franzosen pro Jahr vorbeikämen; er riet mir eindringlich, auf den rechtschaffenen Juden zu warten, der für diese Beförderungen zuständig war und der mich, wie er sagte, *bien sûrement* in acht Tagen nach Berditschew brächte. Bei den Worten *in acht Tagen* ließ ich einen Aufschrei oder, um genauer zu sein, ein Gebrüll vernehmen, das umgehend mein Einreiseverbot hätte besiegeln können: Ich wirkte verrückt.

– »Ich habe Anspruch darauf, in vierundzwanzig Stunden in Berditschew zu sein!« – Dieses dem Kaiser von Russland nachzusehende Verlangen aus dem Mund eines Reisenden, der allein mit der Postkutsche aus Lemberg gekommen war und der sein Gepäck eigenhändig tragen konnte, brachte meinen Wirt zum Lächeln; er nickte mit dem Kopf und sagte, der russische Konsul logiere in seinem Hotel. »Gut! Dann ist ja alles in Ordnung!«, rief ich. Und während ich meine Karte aus der Brieftasche zog, sagte ich: »Nun gehen Sie und fragen Sie ihn, ob er mich empfangen kann.« Ich muss dem wackeren jungen Mann Gerechtigkeit widerfahren lassen und zugeben, dass er ging und restlos verblüfft wieder zurückkam. Ich fand in dem russischen Konsul in Brody einen rundum liebenswürdigen Mann, wie fast alle Russen, die ein Amt im Ausland versehen. Als er mich angehört und den Stempel der Pariser Gesandtschaft gesehen hatte, schrieb er Herrn von Hackel, dem obersten Chef der russischen Steuerbeamten in Radziwillow, höchstpersönlich einen Brief, dem er meinen Reisepass beilegte, und schickte ihm das Ganze per Eilboten, natürlich auf meine Kosten.

»Herr von Hackel«, sagte er, »ist ein reizender Herr, der nicht jeden Tag ein solches Glück hat, er wird Sie nicht durchlassen.« Mich schauderte. »Nein, er wird Sie nicht durchlassen, ohne Sie eine Weile bei sich zurückzuhalten.« Ich atmete auf. Er lud mich zum Mittagessen ein, ich würde seine Schwester kennenlernen; aber der Zustand meiner Toilette nach sieben Reisetagen in allen möglichen Fahrzeugen, Eisenbahnen und Postkutschen der unterschiedlichsten Länder erlaubte mir nicht, sein Angebot anzunehmen, und ich wandte ein, dass ich zum Weiterreisen russisches Geld bräuchte. Ich erwartete in der Tat einen jüdischen Bankier aus Berditschew, den alten Halpérine, der gerade seine Gebete verrichtete und dem mein Empfehlungsschreiben galt. Dieser König von Berditschew erklärte, er verlasse die Synagoge erst am Abend, und so war ich gezwungen, das Kontor der reichen Firma Hausner aufzusuchen, wo ich meine Napoleons gegen Rubel, Halb-, Drittel-, Viertel-, Fünftel- und Zehntelrubel tauschte. Was erzählte mir nicht alles der Gepäckträger des Hôtel de Russie, der mich durch Brody führte!

»Monsieur wissen nicht, was es bedeutet, in Russland zu reisen!«, sagte er zu mir. »Monsieur nehmen sehr wenig mit, wenn Monsieur mit nur fünfzig Silberrubeln nach Berditschew reisen; die gewieftesten Händler, die sechsmal im Jahr von Brody nach Kiew fahren, ja, selbst die bekommen nur Pferde, wenn sie den Posthaltern kleine Belohnungen zustecken. Die Pferde werden immer zurückgehalten usw. ...«

Fünfzig Silberrubel machen zweihundertzwanzig Francs, denn der Silberrubel entspricht vier Francs und zehn Centimes und der Papierrubel zweiundzwanzig Sous. Der Gastwirt bestätigte mir alle Schwierigkeiten des Reisens in Russland und machte dasselbe spöttische Gesicht wie bei meiner Ankündigung, dass ich in vierundzwanzig Stunden nach Berditschew reisen wolle – also mit vier Meilen pro Stunde wie die Briefpost von Petersburg nach Tauroggen. Da ein Wagen unerlässlich war, bot man mir einen in Russland an und gab mir sogar einen kleinen Zuschuss zu den Reisekosten. Ich sah den Wagen: eine hübsche *britschka* Richtung Kiew; doch als der Laufbursche, der auf die fünfundzwanzig Rubel bereits sechs aufgeschlagen hatte, von meiner Absicht, die Post zu nehmen, erfuhr, weigerte er sich strikt. Diese Weigerung gab mir zu denken: Ich befragte den kleinen jüdischen Gepäckträger des Hotels, der mir das Geheimnis meiner Unvorsichtigkeit offenbarte.

– »Die russischen Postillione sind Wilde, die mit einem solchen Tempo fahren, dass der Wagen nicht bis Dubno käme, ohne in tausend Stücke zu zerspringen …«

Das verhieß einen schlechten Zustand der Straßen. Die großen Landstraßen Russlands sind in der Tat alle prächtig angelegt und breit wie die Avenue der Champs-Elysées, doch das ist alles, es fehlt ihnen die Chaussee. Im ganzen Reich existiert nur eine Chaussee von Petersburg nach Moskau und eine von Petersburg nach Tauroggen, die sich über zwei Drittel hinweg mit der aus Warschau überschneidet. Überhaupt gibt es weder Kreis- noch Bezirksstraßen; am besten fährt es sich im Winter mit Schlitten auf dem Schnee. Der Gastwirt erzählte mir, dass ein Reisender aus Shitomir eine *buda* zu verkaufen hätte; ich besah mir dieses Fahrzeug aus Holz und Korbgeflecht. Es besteht aus einem länglichen Korb, der auf eine Stange montiert ist, dazu vier Räder; ich bot fünf Rubel, das, was der Gastwirt dafür vorschlug; der Pole verlangte zuerst fünfundzwanzig Rubel (hundert Francs), dann fünfzehn Rubel und ging spazieren, damit ich ihm hinterherliefe. So ist der Pole. Er ging leer aus und musste das Geschäft mit seinem Wagen verlorengeben.

Wenn er sechs Rubel verlangt hätte, hätte er sie bekommen, und so war er sicher gezwungen, sich mit drei Rubeln zufriedenzugeben. Der Gastwirt wies mich darauf hin, dass der Wagen in schlechtem Zustand war; dass ich, falls er zerspringen sollte, in die Hände der Juden fiele, die mir für die Reparatur mehr abknöpfen würden als für den Wagen, und dass ich an jedem Relais einen meinen Vorstellungen entsprechenden und haltbaren Wagen finden würde. Das nenne ich einen ehrlichen Gastwirt. Der Eilbote kam nicht wieder. Mein Wirt riet mir, zu Mittag zu essen, ich hätte genügend Zeit. Da betrat plötzlich eine Gestalt den Raum, setzte sich und sagte zu mir:

»Sie sind Monsieur de Balzac?«

»Ja, Monsieur«, antwortete ich und glaubte an einen Besuch der Polizei.

»Ach! Was für eine Freude! Ich bin Janin.«

»Wie kann ich Ihnen zu Diensten sein?«

»Ich bin es, der Ihnen zu Diensten ist«, erwiderte Janin, »ich bin fast der Einzige in Brody, der gut Französisch spricht, ich stamme aus Neuchâtel, und sobald ein Franzose herkommt, schickt man nach mir, ich helfe ihm, denn Franzosen sind in rechter Verlegenheit; aber es kommen selten welche! Ein Franzose ist hier eine Seltenheit.«

Das alles im selben Tonfall vorgebracht.

»Ach, ja! Sie wollen also einfach so nach Russland fahren? Ah, Sie wissen nicht, was Sie tun! … Sie wissen nicht, was das bedeutet; hier sind Sie schon nicht mehr in Europa; Sie sind in China; die Grenze zu China ist in Radziwillow. Können Sie Polnisch?«

»Nein.«

»Dann können Sie also Russisch?«

»Nein.«

»Und Sie sind allein?«

»Allein.«

Janin musterte mich von Kopf bis Fuß wie ein kurioses Tier und ging, um ganz Brody diese außergewöhnliche, unerhörte Begebenheit zu berichten. Der letzte Franzose und Nichthändler, der durch Brody gekommen sein soll, war Monsieur de Fougères. Er kam, um einen seiner Onkel abzuholen, der seit 1790 in der Ukraine lebte und dort sein Glück gemacht hatte. Das Entsetzen des Unbekannten begann mich zu alarmieren, ich verlor meine unerschütterliche Ungeduld – bei mir eine Form der Heißblütigkeit, die der Kaltblütigkeit allemal überlegen ist –, als mir mein Eilbote gegen Mittag meinen Pass nebst der Zusage für meine Einreise in das China des Schweizers Janin brachte. Daraufhin lieh mir der Gastwirt bis Radziwillow überaus entgegenkommend seinen eigenen Wagen und seine Pferde.

Nun können Sie mich fragen, weshalb ich über all die Städte und Länder, die ich durchquert habe, kein Wort verliere; wohl deswegen, weil es überall die gleiche Ebene, die gleiche Stadt ist, eine mehr oder weniger große deutsche Stadt, die meist genauso aussieht wie Wiesbaden. Vom Rhein bis zu den Karpaten erstreckt sich eine eher sandige als fruchtbare Ebene. Die französische Landschaft findet man in Krakau wieder. Galizien, das hundert Meilen lang und dreißig breit ist, bildet die Rückseite der Karpaten; es ist hügelig und uneben wie Frankreich, mit den gleichen Landstraßen, allerdings ohne Dörfer und Häuser. Jedes Relais befindet sich in einem kleinen Weiler, die Schlösser liegen gut versteckt, ja, so gut, dass ich das Schloss Przeworsk des Fürsten Henri Lubomirski, obwohl ich dort dinierte, nicht gesehen habe.

Hannover, Magdeburg und Breslau sind Städte in der Art von Frankfurt.

Berlin, das ich schon kannte, ist als Stadt Nantes weit unterlegen. Was die preußischen Könige auch anstellen mögen, es wird ihnen nie gelingen, Berlin unterhaltsam zu machen. Diese Stadt gleicht einem Wörterbuch, und ungeachtet ihrer Fortschritte – denn sie gewinnt an Einwohnern und Bedeutung, sodass sie in Kürze Wien übertrumpfen wird – wird Wien immer unterhaltsam und Berlin immer langweilig bleiben. Das ist meiner Meinung nach eine Auswirkung des Protestantismus. Berlin ist in punkto Langeweile eng mit Genf verwandt. Die Natur hat alles für Genf getan, und der Mensch hat alles wieder zunichtegemacht. Stellen Sie sich Genf mitten in einer Sandwüste vor, und Sie haben einen Eindruck von Berlin. Vielleicht wird es eines Tages die Hauptstadt Deutschlands sein, feststeht, dass es immer die Hauptstadt der Langeweile sein wird. Diese abgrundtiefe Langeweile veranlasst die Könige von Preußen dazu, ihren Soldaten spitze Kochkessel auf den Kopf zu setzen und die Uniformknöpfe zu variieren; sie versuchen sich zu zerstreuen, sie spielen Soldat. Das preußische Genie, das Deutschland aufwühlen wird, kennt den permanenten Anreiz, sich die Langeweile zu vertreiben, dem die Deutschen eines schönen Morgens das Trugbild einer Verfassung und Nationalversammlung verdankten, bei dem die ganze Monarchie in den Genuss eines reizenden Schauspiels kam. Vor allem die Rheinabgeordneten verstanden nicht, dass sich der König von Preußen bloß zerstreuen wollte, und obgleich der Ritterorden laut herausposaunte, dass alles nur ein Scherz sei, bestanden die rheinischen Abgeordneten darauf, die Dinge ernsthaft in die Hand zu nehmen. Die wichtigsten französischen Zeitungen, die Berlin kaum kennen, hätten das Spektakel aufgrund der hochamüsanten Schmähungen, mit denen der preußische König Frankreich bedachte, um ein Haar verdorben. Sie begriffen nicht, warum so laut gelacht werden musste.

Wenn man Deutschland mit dieser Taubengeschwindigkeit durchquert und zwölf Stunden am Tag das gleiche flache Feld sieht, wird jeder Mann von Geist verstehen, dass über diese tristen Länder noch nie jemand berichtet hat. Man begreift nun, weshalb Deutschland so stolz auf den Rhein und die Donau ist, auf das Umland von Dresden und Baden-Baden: weil es in dieser großen Weite nichts anderes gibt. Dabei sind die Schönheiten Badens ein letztes Eckchen der Schweiz, so wie die hübschen Landschaften Württembergs, Thüringens und Dresdens die letzten Ausläufer der Alpen sind.

Sobald die Karpaten überquert sind, beginnt diese Ebene erneut; sie erstreckt sich von Galizien bis ans Schwarze Meer, von der Ostsee bis zum Ural, ohne andere Geländeerhebungen als die Hügel von Kiew, dessen höchster dem Montmartre gleicht. Hinter Brody befand ich mich also wieder auf einem mit diesen ewigen Tannenwäldern garnierten Sandteppich, in den die internationalen Beziehungen Österreichs und Russlands so viele Landstraßen gegraben haben, dass man meinen möchte, jeder Reisende hätte eine andere genommen. Der Wagen bewältigte im Übrigen das klippenreiche Manövrieren rings um die gefällten Tannenstämme hervorragend, und nach einer halben Stunde recht zügiger Fahrt gelangte ich auf eine ausgedehnte Fläche etwa von der Größe des Pariser Marsfeldes, wo sich auf der einen Seite eine riesige Scheune, der österreichische Zoll, befand, und gegenüber ein Schlagbaum. Da ich die Sprache nicht beherrschte, konnte ich meinem Kutscher keine Anweisung geben; er hielt vor einer anderen Scheune, vermutlich eine Art Wirtshaus. Da das Wetter schön war, ging ich zu Fuß über das weitläufige Feld auf den Schlagbaum zu und erblickte auf russischer Seite zwei Baracken mit einem Militär- und einem Zollposten. Ich täuschte mich nicht. In Brody hatte mich der treffliche Gastwirt darauf vorbereitet, dass man das österreichische Reich nicht ohne eine Erlaubnis des österreichischen Polizeikommissars in Brody verlassen könne, der ebenfalls im Hôtel de Russie logierte. Dieser Beamte, der Französisch sprach, war überaus gefällig und gab mir auf der Stelle das kleine blaue Papier, das ich dem Vorsteher der österreichischen Grenzwache aushändigen sollte.

Vor dem russischen Schlagbaum gewahrte ich einen Beamten mit einem reizenden und geistreichen Gesicht, der ganz einem Franzosen der oberen Klassen glich und für mein Empfinden Jules de Rességuier zum Verwechseln ähnlich sah. Als ich die vielen Orden an seiner Brust sah, hatte ich Angst mich zu täuschen, denn ich konnte mir nicht vorstellen, dass Herr von Hackel mich in Empfang nehmen kam; als ich auf ihn zuging und ihn begrüßte, fragte er mich im besten akzentfreien Französisch, ob ich es sei; auf meine Antwort hin entgegnete er, er sei Herr von Hackel, der Zollvorsteher. Nachdem sich Monsieur de Thémirazeff in Petersburg mir gegenüber ebenso entgegenkommend und konziliant gezeigt hatte wie die höheren Angestellten des französischen Zolls war ich überrascht, die Petersburger Artigkeit in Radziwillow noch übertroffen zu sehen. Auf ein Zeichen des Herrn Regierungsrats fuhr ein prächtiger Vierspänner vor; die Bediensteten nahmen mein Gepäck und luden es vorn auf den Wagen, und so fuhr ich in das vermeintliche China des Schweizers Janin ein.

»Zuerst die Pflicht!«, sagte Herr von Hackel zu mir. »Sie müssen zum Zoll kommen und sich durchsuchen lassen.«

Tatsächlich fanden wir den Zoll schon in Habachtstellung, mein Koffer wurde geöffnet und mit größter Aufmerksamkeit inspiziert. Herr von Hackel sagte nun: »Ich überlasse Sie meinen Leuten, denn Frau von Hackel zählt fest darauf, dass Sie ihr die Freude machen werden, sich bei uns zu Tische einzufinden, und ich muss sie davon unterrichten.«

Ich wandte ein, mein Zustand nach der Reise von Paris nach Radziwillow ohne jede Unterbrechung erlaube das nicht. Herr von Hackel erwiderte, das Ansehen meines Namens mache alle Regelwidrigkeiten wett, und damit war alles gesagt. Binnen weniger Minuten stand ich vor einem jener Holzhäuser, die im Petersburger Umland so zahlreich sind und die ich bereits kannte. Als ich Frau von Hackel vorgestellt wurde, erfuhr ich, dass die Eheleute erst vor kurzem aus Archangelsk angekommen seien, wo Herr von Hackel zehn Jahre lang Zolldirektor gewesen war. So ist Russland. Mit einem Wimpernschlag tauscht man ein eisiges Klima gegen südliche Gefilde ein.

Man erzählte mir, dass ein orthodoxer Erzbischof aus Irkutsk, auf einen Stuhl in Wolhynien berufen, innerhalb kürzester Zeit der unbarmherzigen Hitze erlegen sei. Sobald der Winter mit seinen zwanzig Minusgraden einkehrte, lebte er wieder auf; die Sommer verbrachte er in einem Keller. Herr von Hackel sagte mir, dass sein Vorgänger die Stelle von Monsieur de Thémirazeff in Petersburg angetreten habe und dieser in den Rat gewählt worden sei, was mich freute, da ich diesem guten und ausgezeichneten Chef der gefürchteten Petersburger Zollbeamten nur das Beste wünschte. Herr von Hackel ist nicht nur ein Mann von Geist, er ist auch gebildet; die Pracht seiner Tafel erinnerte mich an mein letztes Abendessen in Frankreich in Le Thillay bei Véron: erlesene Weine, gewaltige Fische und ausgezeichnetes Wild. Zwischen Paris und Russland war dies mein erstes Abendessen, ausgerechnet in der Kleinstadt Radziwillow!

Bei diesem Städtenamen wird sich die französische Fantasie Häuser, Straßen und Anwesen ausmalen; aber Radziwillow ist ein bloße Ansammlung von Holzhütten, die nur deshalb noch aufrecht stehen, weil die Vorsehung Russland so besonders gewogen ist. Nicht ein Meter ist gepflastert, alle Straßen sind unbefestigt.

Ich erläuterte Herrn von Hackel meine Situation, der mir mit reizender Gefälligkeit versprach, alle Hindernisse aus dem Weg zu räumen. Er würde mir einen seiner Diener geben, der mir die Postkutsche zahlen und treu zur Seite stehen würde. Als ich die Möglichkeit vor Augen hatte, Berditschew ohne Widrigkeiten zu erreichen, fühlte ich meine Lebensgeister zurückkehren, und da meine Ängste schwanden und ich die Schwierigkeiten meiner Reise wie durch Zauberhand ausgerechnet durch denjenigen beseitigt sah, der mir von Paris aus wie ein Schildfisch erschienen war, wurde ich wieder ich selbst, heiter und redselig, und die Freude bezwang meine auf einem beunruhigenden Gipfelpunkt angelangte Müdigkeit. Die gute Stimmung wurde indes durch die Unbeugsamkeit des Polizeimeisters gedämpft, der mir in Ermangelung eines offiziellen Vordrucks für Post-Passierscheine keine von Hand ausstellen wollte. Nichts vermochte ihn umzustimmen; er erklärte mir eigens, wie leid es ihm täte, dass er aber gegen seine Anweisung nichts ausrichten könne. Seit zwei Monaten bat er um die betreffenden Vordrucke, doch nämliche Vordrucke kamen nicht. Da haben Sie die ganze öffentliche Gesinnung Russlands.

Gehorchen, trotz allem gehorchen, unter Lebensgefahr gehorchen, selbst dann gehorchen, wenn der Gehorsam absurd und dem Instinkt zuwider ist. Nach dem Schauspiel des tiefen Ungehorsams der Menschen und Geister in Frankreich ist man vom blinden Gehorsam der Russen seltsam beeindruckt. Dieser typische Gehorsam bezeichnet den radikalen Unterschied zwischen Russland und Polen. Der Pole kann kein Kommando ertragen; er will kommandieren, nicht gehorchen. Die übermäßige Unabhängigkeit des polnischen Geistes, sein Ungestüm erstreckt sich auf alle Bereiche des Lebens und löst die Familienbande, nirgends bekommen Sie mehr Prozesse zwischen Familienangehörigen zu sehen als in Polen. Dieser Charakterzug ist der eigentliche Grund für den Niedergang Polens. Das disziplinierte Land, der gehorsame Slawe sollte sich den ungehorsamen Slawen einverleiben, das Land, dem vor der Unterwerfung graute. Die Disziplin war der Grund für die Größe Roms, und der blinde Gehorsam ihren Anführern gegenüber war später der Grund für die Eroberung Europas durch die großen Horden aus dem Norden. Die Disziplin hat Europa für eine Weile Napoleon ausgeliefert; und falls Russland später, in einer unvorhersehbaren Zeit, die Welt überfallen sollte, wird es alles seinem Gehorsam zu verdanken haben. Ich werde Ihnen bald darlegen, dass kein Volk der Welt besser für das Erobern gewappnet ist. Dementsprechend wird jeder kluge Mensch über den gegenwärtigen Ungehorsam Frankreichs stöhnen, wo sich über alles streiten lässt, wo die Geister sich alles zu leugnen anschicken, wo der Leichtsinn des polnischen Charakters in aller Gedanken ist, wo jeder ein überlegenes Wesen sein will, so wie im Kaiserreich jeder Oberst sein wollte, und wo man Systeme als Vorwände für Aufstände erfindet. Die Veränderung unseres Nationalcharakters sollte zu denken geben, da sie das ganze Unglück Polens enthält. Was, wenn nicht ein Laster des Nationalcharakters erklärt die inzwischen vollständige Zerstörung einer ungeheuer kriegerischen Nation, die vor ungefähr zweihundert Jahren noch zweiunddreißig Millionen Männer zählte und in zwei Jahrhunderten Königsberg, Danzig, Galizien, das Großherzogtum Posen, die Ukraine und Litauen verloren hat, Länder, die allesamt groß wie Königreiche sind; einer Nation, die nach dem Ausspruch eines geistreichen Mannes erst ihren Namen verlor und nun ihre letzten Überreste und Feudalherren ihrem eigenen Untergang entgegengehen sieht!

Die ganze Charta Russlands beruht auf dem Gehorsam, und die Kaiser setzen alles daran, um diesen Geist bei ihren Untertanen zu stärken. Die beiden folgenden Begebenheiten sollen zeigen, wie weit die Zaren die Unterweisung der Menge treiben. Es ist eine Form des Erhabenen, aber nur wenige Geister in Frankreich werden die Bedeutung dieser Lektion begreifen. Man wird sie für Barbarei halten. Nach den großen Diensten, die Suwaroff Russland erwiesen hatte, ließ Kaiser Paul ihn zunächst feiern. In Petersburg wurde ein Triumphbogen errichtet, und ein Ukas schrieb vor, dass Suwaroff auf seinem Weg Ehrbezeigungen zuteilwerden sollten, die sonst dem Herrscher vorbehalten waren. Der Kaiser sollte unter dem Triumphbogen stehen und dort den russischen Helden empfangen. Durch eine Indiskretion erfuhr der Kaiser jedoch, dass Suwaroff auf seinem Feldzug, an der Trebbia und bei Novi, den Tagesbefehl in der Hitze des Gefechts einem General erteilt hatte, der laut kaiserlichem Reglement dazu nicht befugt war. Auf der Stelle strafte der Kaiser Suwaroff mit seiner Ungnade und ließ ihn allein einziehen; das Volk und die Würdenträger taten es dem Kaiser nach, und Suwaroff starb vor Kummer. Wie sollten sich die Russen nach solchen Beispielen selbst im Ausland nicht ständig von ihrem Herrscher beobachtet fühlen? Nach Suwaroffs Tod nahm der Kaiser an seinem Begräbnis teil; der bestrafte Delinquent blieb ein Held, und Paul, den man sehr zu Unrecht für verrückt hielt, musste Russland beim Trauerzug für Suwaroff vertreten. Und nun die andere Geschichte. Der derzeitige Kaiser kehrte gerade auf seinem Dampfboot nach Kronstadt zurück. Als der *steamer* mit der kaiserlichen Flagge in die Meerenge einfahren wollte, kam ihnen ein großes englisches Handelsschiff bei günstigem Wind mit geblähten Segeln entgegen. Der Kapitän des *steamers* stellte sich quer, um das Schiff, das nicht anhalten konnte, vorbeizulassen; der Zar erkundigte sich, weshalb sein Schiff nicht geradewegs auf Kronstadt zusteuere, und der Kapitän wies entschuldigend auf das Handelsschiff, mit dem unausweichlich ein Zusammenstoß drohte. Der Kaiser machte eine einzige, aber unmissverständliche Handbewegung: Allen Hindernissen zum Trotz muss der Zar stets seine Richtung beibehalten. Der Kapitän fuhr also geradeaus, rammte das englische Schiff, fügte ihm ein Leck zu und verursachte an seinem *steamer* beträchtliche Schäden; doch der Kaiser hatte unbeirrt seine Route verfolgt. Der Kapitän wurde mit einer Beförderung und einem Ordenskreuz belohnt, das englische Schiff großzügig entschädigt. So zieht Russland überall seines Weges.

Was für eine Vorstellung hat das russische Volk also von seinem Kaiser! Ein Soldat, der von den Spaltungen innerhalb der orthodoxen Kirche gehört hatte, sagte im Dialekt zu seinem Kameraden:

»Gott ist offenbar wankelmütig geworden.«

»Pah!«, erwiderte der andere, »was macht das schon! Dann verleiht der Zar den *tschin* eben dem Heiligen Nikolaus.«

Der *tschin* ist in Russland das, was die Dienstgrade im chinesischen Kaiserreich sind, der Gradmesser für die Existenz eines Russen im Zarenreich. Angeblich soll der Kaiser bemerkt haben, dass er damit seine Macht beschnitten hat, und es ist viel von der Abschaffung des *tschin* die Rede; denn der Ranghierarchie zufolge kann der Kaiser nur denjenigen auf einen bestimmten Posten ernennen, dessen *tschin* der Bedeutung dieses Postens entspricht. Er kann demnach keinen genialen Kopf der vierzehnten Klasse mit Aufgaben betrauen, die beispielsweise einen Inhaber der vierten Klasse erfordern. In Frankreich haben wir alle Übel des *tschin* ohne die Entschädigungen der Autokratie. In der Tat müssen die Minister unter den Pairs oder Deputierten gewählt werden. Alle Posten sind von bestimmten Bedingungen abhängig, und der Rang der Deputierten sind ihre fünfhundert Francs Steuern. Folglich fällt das Privileg der Regierung höchstens zwanzig Personen zu. Die Macht hat nicht mehr, wie Ludwig XIV., das Recht, sich die Begabung dort zu nehmen, wo sie ist. Ob Alter oder Zensus – alles ist *tschin.* Daraus erklärt sich jene Gerontokratie, die das Gesamtbild des französischen Kabinetts verdirbt und es wehrlos jeder Gefahr aussetzt, egal von welcher Seite sie droht.

Gleichwohl fanden meine improvisierten Freunde ein Mittel, die Schwierigkeiten meiner Lage zu überwinden; man mietete mir private Pferde und chauffierte mich, ausgerüstet mit einem Brief an den Polizeimeister, der gewiss über Post-Passierscheine verfügte und mich aus meiner regelwidrigen Lage befreien würde, nach Dubno. In Russland kann man die Post nicht ohne einen speziellen Geleitbrief nehmen, der den Stationsvorsteher zum Bereitstellen der Pferde verpflichtet. Dieser Geleitbrief nennt sich *podoroshna.*

Indes wurden sämtliche Zurichtungen erst gegen elf Uhr abends getroffen; dementsprechend verlor ich hinsichtlich der Reisedauer achtzehn Stunden in Brody und Radziwillow, die übrigens dank Frau von Hackel und ihres Salons, in dem sich die wichtigsten Amtspersonen einfanden, gut genutzt wurden. Unsere Zolldirektionen in Frankreich haben nichts aufzubieten, was der Stellung Herrn von Hackels in Radziwillow vergleichbar wäre. Seine Zuständigkeit umfasst einhundertfünfzig Grenzmeilen, die in politischer und gewerblicher Hinsicht überwacht werden wollen, was ihm die Befehlsgewalt über eine große Anzahl Angestellter verleiht. Seine Besoldung beträgt vierzigtausend Francs, aber er ist dem Generalgouverneur von Kiew unterstellt, dem ich nach allgemeinem Anraten meine Aufwartung machen sollte. Dieser hochberühmte Generalgouverneur, General Bibikoff, regiert über Wolhynien, die Ukraine, Podolien und ein Stück Kleinrusslands: eine Fläche, die Frankreich weit übertrifft. Allein dieser kurze Einblick zeigt Ihnen die Unermesslichkeit Russlands, wo alles kolossale Proportionen hat.

Mit Freundlichkeiten überhäuft und mit hervorragendem Tee bewirtet, verließ ich Radziwillow, ausgestattet mit einem Kissen von Herrn von Hackel persönlich, um die Erschütterungen der *kibitka*, in der ich reisen würde, abzufangen. Stellen Sie sich vor, dass es ganz gleich ist, ob Sie in einer *kibitka* reisen oder direkt von vier Pferden gezogen werden. Der mit der Geschwindigkeit einer Lokomotive gezogene Wagen aus Holz und Korb überträgt mit grausamer Treue die geringsten Unebenheiten des Weges in all Ihre Knochen; man hüpft auf drei Beinen und fällt wieder auf das Heu zurück, der Kutscher schert sich nicht um Sie: Ihm obliegt es, vorwärtszukommen, Ihnen, sich festzuhalten. Einmal blieb der Kaiser, der auf diese Weise zu reisen pflegt, auf der Straße zurück; als der Postillion im Relais eintraf, wandte er den Kopf und sah keinen Kaiser mehr; der Kaiser war unterwegs in den Schnee gefallen: Er nahm es dem Postillion nicht übel. – So war ich also in einer *kibitka* unterwegs in die Unermesslichkeit unbekannter Landschaften, neben einem Unbekannten, dem man die vom Posthalter in Radziwillow berechneten zweiunddreißig Silberrubel für die Reisekosten gegeben hatte. Die Nacht war wunderschön, der Himmel glich einem von silbernen Nägeln festgehaltenen blauen Schleier. Belebt wurde diese tiefe Einsamkeit, diese Wüste, von dem Glöckchen, das unaufhörlich am Hals des Pferdes klingelt und dessen heller und eintöniger Klang nach einer Weile unendlich wohltuend wirkt. Welche Überlegungen ich anstellte! Es war genau eine Woche her, dass ich in Le Thillay bei Véron diniert hatte und alle zu lachen begonnen hatten, als sie hörten, dass ich in das achthundert Meilen von Paris entfernte Kiew fahren wollte. Was für ein Unterschied, ob man sich von Paris nach Gonesse oder von Radziwillow nach Dubno begibt! Ich fuhr durch dunkle Tannenwälder und glaubte ständig, unser Gefährt würde an den Baumstämmen zerschellen, die von den russischen Bauern einfach am Boden liegengelassen werden; doch der Bauer, der mich fuhr, sah in der Dunkelheit alles. Es war eine der schönsten Nächte, die ich je auf Reisen verbrachte. Nur schwer lässt sich der Reiz vermitteln, den es bedeutet, schnell wie eine Taube durch eine unbekannte Wüste zu fliegen. Die Seele gerät in Ekstase wie beim Schütteltanz der Shaker. Und der Rhythmus des Glöckchens hilft bei dieser machtvollen Träumerei.

Schließlich gelangte ich um halb drei nach Dubno; man setzte mich an der Station ab. Im Vertrauen auf meinen Führer warf ich mich auf ein Kanapee, das hart wie ein Feldbett war, und schlief zum ersten Mal seit neun Tagen; ich schlief den Schlaf von Kindern und von erschöpften Ringern, einen Schlaf, den selbst Schießübungen nicht unterbrochen hätten. Am nächsten Morgen erschien der Polizeimeister – ein vollendeter Russe, frischvermählt, in Paradeuniform, mit seinen Ordenskreuzen und seinem Vierspänner – überraschend vor mir, als ich meine Tasse Kaffee trank. Alle Zeremonien um den Post-Passierschein waren erledigt. Dieser ehemalige Offizier der kaiserlichen Garde bedauerte sehr, mich in Eile zu wissen, denn seine Frau hätte mich gern zum Mittagessen gebeten; das wurde auf meine Rückreise verschoben, und ich fuhr um zehn Uhr ab, in der festen Absicht, den Trinkgeldern genügend Kopeken hinzuzufügen, um reisen zu können wie der Kaiser, nämlich mit dreißig Werst in der Stunde. Und so geschah es. Wären nicht die endlosen Wagenwechsel, die Formalitäten an den Relais gewesen, hätte ich die hundert Meilen in fünfzehn Stunden zurückgelegt, ich aber brauchte dreißig, da ich nachts in den Stationen eine halbe, manchmal eine Dreiviertelstunde verlor. Die Ukraine zu erreichen, war kein Wunsch, sondern ein Bedürfnis, denn es bedeutete Rast, und ich fühlte mich nur noch für vierundzwanzig Stunden bei Kräften. Was für eine Reise! Mein Führer, einer dieser Männer, deren Härte sprichwörtlich ist, bat mich zehnmal mit Zeichen, die seine Müdigkeit und sein Schlafbedürfnis veranschaulichten, anzuhalten; ich aber wiederholte nur *Berditschew*! Und der auf Gehorsam getrimmte Mann stieg ruhig wieder auf die *kibitka* und prüfte mit Blicken, ob ich aus Fleisch und Blut war wie er. Die Leidenschaft verleiht dem wollüstigsten und dem Anschein nach schwächsten Menschen eine Widerstandsfähigkeit, die allen materiellen Kräften überlegen ist; doch in keinem anderen Augenblick meines Lebens habe ich einen solchen Willen und eine solche Nervenkraft aufgebracht. Die Füße der Pferde spülten mir Wellen aus Sand und Staub zu, so schnell liefen sie. Die Freude, mich von den russischen Pferden schneller fortgetragen zu sehen als von den deutschen Eisenbahnen, gab mir Kraft. Ich fütterte meinen Führer mit Zwieback und der französischen Sprache, und er trank vor allem unerschütterlich den Anislikör, den ich ihm einschenkte.

Von Dubno bis Annopol, wo ich gegen sechs Uhr abends ankam, sah ich nichts als abgemähte Weizenfelder, die flach wie Tabaksdosen waren. Alle fünfzig Werst erblickte ich, entweder auf der Straße oder am Horizont, eines jener ebenso seltenen wie prächtigen, von einem Park umgebenen Anwesen, deren Kupferdächer in der Ferne blitzten. Doch was für ein Unterschied zu Galizien! Überall sah ich Gruppen von Bauern und Bäuerinnen, die ausgesprochen vergnügt, sorglos schlendernd und fast alle singend, auf dem Weg zur Arbeit oder auf dem Heimweg waren. Mit Sicherheit wusste niemand von meinem Aufenthalt, und keine Behörde befahl diesen Leuten, sich zu zerstreuen: Es handelte sich sehr wohl um eine naturgetreue Darstellung. Ich spreche nicht vom derzeitigen Zustand

Galiziens, denn das ist eine Ausnahme infolge eines Unglücks, aber das Studium der Charaktere in den drei von mir durchquerten Provinzen war viel erbaulicher als der Anblick der Leute, die auf den Landstraßen Frankreichs anzutreffen sind. Und nichts ist natürlicher als das, denn als ich von den Existenzbedingungen der Bauern in Polen und Russland erfuhr, war mir das Glück dieser Leute vollkommen einsichtig. Es ist kein Paradox zu sagen, dass der russische Bauer hundertmal glücklicher ist als die zwanzig Millionen Franzosen, aus denen sich unser Volk zusammensetzt, diejenigen also, die nicht als reich oder, wenn Sie so wollen, als wohlhabend gelten. Ein russischer Bauer hat sein Holzhaus, und darüber hinaus kultiviert er auf seine eigene Rechnung etwa zwanzig unserer Morgen Land. Über dieses Land muss er seinem Herrn, der ihm die Nutznießung überlässt, keinerlei Rechenschaft geben, ist ihm aber drei Arbeitstage pro Woche schuldig, und wenn man ihn für die restliche Zeit anstellt, bekommt er einen Lohn. Demnach zahlt der Bauer gewissermaßen die Pacht für seine zwanzig Morgen mit einhundertfünfzig Arbeitstagen, was in Frankreich dreihundert Francs entspräche. Die Steuern, die der Bauer zahlt, sind sehr gering. Außerdem ist der Gutsherr gezwungen, ausreichend Weizen vorrätig zu haben, um seine Bauern im Falle einer Hungersnot zu ernähren. Da die erforderliche Arbeit dabei so schlecht zu bewältigen ist, wäre es im Interesse der Grundbesitzer, dass die Bauern frei und wie die unseren gezwungen sind, für einen Stücklohn zu arbeiten; und so lebt der Bauer sorglos wie ein Kind in seinem Elternhaus.

Man ernährt und entlohnt ihn, und seine Dienstfertigkeit, für ihn alles andere als ein Übel, wird zu einer Quelle von Ruhe und Glück. Folglich können Sie einem russischen Bauern die Freiheit sowie Arbeitsbedingungen und Steuerzahlungen anbieten – er wird sie ausschlagen. Diejenigen Bauern, die sich loskaufen, sind die Reichen, die Vorausschauenden, die nicht getrunken, sondern ein Vermögen angehäuft haben. Das sind die Ausnahmen dieser Klasse. Als die Ereignisse in Galizien eskalierten und die Bauern Wolhyniens davon erfuhren, sagte einer von ihnen bei einer kleinen Beratschlagung über das, was wohl ohne Herren aus ihnen würde:

»Wir wären gezwungen, uns welche zu pachten.«

Kann man da nicht mit Jan Hus sagen: »*Sancta simplicitas!*«

Eine barbarische Unkenntnis – so ist das Wesen der Bauern; sie sind geschickt und schlau, aber es wird Jahrhunderte brauchen, um sie aufzuklären. Ihnen von Freiheit zu erzählen, verleitet sie wie die Neger zu dem Glauben, sie müssten nicht mehr arbeiten. Das aber wäre die Zerrüttung eines ganzen, auf dem Gehorsam aufbauenden Reichs. Regierung und Grundbesitzer, all diejenigen, welche die dürftigen Ergebnisse der Fron sehen, wären sofort bereit, den derzeitigen Zustand gegen den der Lohnarbeit einzutauschen; das hieße jedoch, eine fürchterliche Krise in Kauf zu nehmen: die Trunkenheit des Bauern. Augenblicklich denkt der Bauer nur ans Geldverdienen, um sich mit Schnaps zu berauschen. Der Verkauf von Schnaps zählt zu den wichtigsten Einnahmequellen der

Grundbesitzer, die so wieder an sich nehmen, was sie dem Bauern an Lohn gegeben haben. Das Wort *Freiheit* würde also von den Bauern in *Freiheit zu trinken* übersetzt. Was für unglückliche Auswirkungen aber hätte diese Phase! Einige von ihnen lassen sich absehen. Zunächst würden die Ländereien nicht bewirtschaftet, die Einkünfte blieben aus, der Hunger Galiziens und der Typhus würden die Bevölkerung dahinraffen, das Reich wäre geschwächt, und das gesamte Leben des kranken russischen Körpers käme zum Erliegen. Der Bauer hat nur wenige Bedürfnisse. Seine Kleidung ist von wohlfeiler Schlichtheit. Im Winter hat er seinen Schaffellmantel und seine Lammfellmütze, die zwanzig Jahre halten, und im Sommer trägt er Leinen. Schaffell und Leinen sind fabelhaft günstig. Die Axt dient als Werkzeug für alles. Seine Nahrung aus Brot oder den fünf bis sechs Grützen, die man zubereitet, ist reichlich und gesund. Der Bauer hat sein Vieh, das ihm Kälber und Milch gibt; sein Leben ist also auf das Einfache beschränkt. Seinen Wagen baut er sich selbst, die Pferde kosten so gut wie nichts. Dementsprechend kann der russische Bauer gehen, wohin er will, er trägt alles bei sich. Seine körperliche Kraft ist außerordentlich, er hält der stärksten Erschöpfung stand und ist schicksalsergeben wie ein Orientale. Selbst wenn sich das ganze Reich auf ein Wort des Zaren von Russland nach Europa verschieben würde, fände er bei seiner Rückkehr alles in bester Ordnung vor. Das Holzhaus, das Dorf und die Stadt gleichen den Lagern der Horde: Alles ist auf kurze Dauer angelegt. In diesem Land lassen sich die aus Backstein erbauten Häuser an einer Hand abzählen. In den drei von General Bibikoff regierten Gouvernements, die zusammen fast so groß sind wie Frankreich, gibt es weniger als fünfhundert Anwesen im Stile desjenigen, zu dem ich gerade unterwegs war.

Von der Grenze bis Berditschew reiste ich durch die Beauce, allerdings durch eine hundert Meilen lange und hundert Meilen breite Beauce, unterbrochen von sandigen Flächen, auf denen Tannenwälder wachsen. Gegen Abend erreichte ich die kleine Stadt Annopol, doch noch bevor ich dort anlangte, traf ich an der Hauptstraße einen Gutsbesitzer, der in Begleitung seiner Frau an einer Begrenzungsmauer entlangschritt – eine Kuriosität in jener Wüste, denn dort haben fast alle Anwesen, selbst die prachtvollsten, Umzäunungen aus an Pfählen befestigtem Weidengeflecht, aus festgeklopfter Erde, aus Brettern oder aber aus halbierten Baumstämmen. Allein der Park von Branicki an der Straße nach Kiew wird von ausgedehnten Mauern eingeschlossen.

In diesem Moment und beim Anblick des einzigen Mannes *comme il faut*, der mir bisher begegnet war, wollte ich, Müdigkeit und Hunger nachgebend, schon absteigen und um Gastfreundschaft bitten; doch die Gewissheit zu kränkeln und die Furcht, zu lange bei einem Unbekannten zu verweilen, verliehen mir den schrecklichen Mut, weiterzufahren. Und tatsächlich: Am nächsten Morgen gegen acht Uhr sah ich eine große Stadt und glaubte mich in Berditschew. »Es war Zeit«, sagte ich bei mir und spürte meine ganze Erschöpfung. Die Missverständnisse, die daraus folgten, dass ich mich in Berditschew wähnte, wohingegen ich erst in Shitomir war, kosteten mich zwei Stunden; dies jedoch mit sehr amüsanten Zwischenfällen, aus denen der Charakter der Juden so umfassend sprach, dass die Wiedergabe dieser herrlichen Szenen mit ihren fünf verschiedenen Darstellern eine Geschichte ergäbe, die sämtliche Vorzüge von Roman und Vaudeville vereinte. Ich hebe mir die Episode als Aufheiterung für einen gelegentlichen Leichenschmaus in der guten Gesellschaft auf. Diese Komödie wird den Schatz meiner Reiseanekdoten bereichern.

Erbost, zwei Stunden verloren zu haben, verdoppelte ich die außerordentlichen Trinkgelder und schaffte fast sechsunddreißig Werst pro Stunde; folglich zeigte sich gegen Mittag die Anhöhe, auf der die hochberühmte Stadt Berditschew liegt, die genau wie ihre Schwester Brody den Radziwill gehört. Dort sah ich mit neuerlicher Verwunderung die Häuser Polka tanzen: Sie neigten sich alle zur Seite, die einen auf der rechten, die anderen auf der linken Hüfte, manche neigten sich bedenklich, die meisten waren aus den Fugen, viele von ihnen kleiner als unsere Jahrmarktsbuden und sauber wie Schweinekoben. Das ist für einen Europäer, zumal einen Pariser, ein so unerwartetes Schauspiel, dass man es erst in mehreren Städten wiederholt sehen muss, bevor man sich daran gewöhnt. Dieses Judenlager war voller Juden, die alle draußen waren. Wenn man Berditschew sieht, fragt man sich, ob diese Häuser, die drei Pariser Laufburschen auf einem einzigen Gang forttragen könnten, auch Bewohner haben. Die

Menge war so dichtgedrängt, dass sich mein Sechsspänner trotz des wilden Geschreis meines Postillions nur äußerst mühsam seinen Weg bahnte, und wenn die Wagenachsen an ein paar Schwerhörigen vorbeischrammten, kümmerte es den Postillion herzlich wenig.

Endlich fuhr ich in den Hof der Post ein; dort aber verweigerte man mir die Pferde unter dem Vorwand, dass bald der Fürst von Warschau vorbeikäme. Ein Polizeimeister wies mich darauf hin, dass mein Post-Passierschein in Berditschew ablaufen würde, und schon verlangte die Post sechs Rubel von mir, um mich nach Wierzchownia zu bringen. Dieses Schloss befindet sich sechzig Werst entfernt im Landesinneren, man gelangt auf Seitenwegen dorthin – kurzum, eine Unmenge russischer Gründe. Das alles wurde mir von einem in Berditschew ansässigen französischen Schneider dargelegt, der ebenso höflich wie zuvorkommend war. Ein Schwarm Juden belagerte mich, ich zählte bis zu fünfundzwanzig, alle schwarz wie Seminaristen, mit in der Sonne zitternden Bärten, Augen glänzend wie Karfunkel und gierigen Händen, die ich mit Stockschlägen abwimmelte, da alle meine Uhrenkette betasten wollten, um ihr Gewicht und die Echtheit des Goldes zu prüfen. Dieser Tumult der Begierde ließ mich schaudern. Der Schneider nahm mich in seinen Tuchladen mit und postierte seine Lehrlinge als Wachen, damit sein Geschäft nicht überrannt würde; dort konnte ich eine Tasse Kaffee trinken, während man für mich mit den Juden verhandelte, die sich zum halben Preis der Post bereiterklärten, mich schnellstens nach Wierzchownia zu fahren. Dank der guten Fürsorge Monsieur Ravels, Alleinherrscher über die Westen und ukrainischer Diktator der Eleganz, fuhr ich um zwei Uhr mit einer jüdischen *buda* ab. Nun sah ich die echten Steppen, denn in Berditschew beginnt die Ukraine. Was ich bisher erblickt hatte, war nichts. Es ist eine Weizenwüste, das Königreich des Weizens, eine Coopersche Prärie mitsamt ihrer Stille. Dort beginnt der Humus der Ukraine, eine mindestens fünfzig Fuß tiefe schwarze, fette Erde, die nie gedüngt und immer mit Weizen eingesät wird.

Dieser Anblick machte mich sprachlos, ich fiel in einen tiefen Schlaf und erwachte um halb sechs durch den Ruf des Hebräers, der das Gelobte Land begrüßte. Ich erblickte, von der untergehenden Sonne vergoldet, eine Art Louvre oder griechischen Tempel, der sich über einem Tal erhob, dem dritten, das ich seit der Grenze sah!

Schloss Wierzchownia. Lithografie nach einer Zeichnung von Napoleon Orda, 1840er Jahre.

Ausgewählte Briefe

AN LAURE SUREVILLE

Wierzchownia, Oktober [1847]

Meine liebe Schwester,

ich bin ohne weiteren Zwischenfall eingetroffen, sieht man von einer immensen Müdigkeit ab, denn ich habe in einer Woche mindestens ein Viertel des Erddurchmessers zurückgelegt, ohne anzuhalten oder zu schlafen; hätte ich die doppelte Strecke zurückgelegt, wäre ich jenseits des Himalaya gelandet. Da ich zehn Tage vor meinem Brief eintraf, waren meine Freunde höchst überrascht und von meinem Eifer gerührt. Dieses Anwesen ist ein regelrechter Louvre; und die Landgüter sind so groß wie unsere Departements. Man macht sich keinen Begriff von der Weite und Fruchtbarkeit dieser Felder, die niemals gedüngt und Jahr für Jahr mit Weizen eingesät werden. Obgleich der junge Graf und die junge Gräfin zu zweit ungefähr 20 000 männliche Landleute (also insgesamt 40 000 Seelen) haben, bräuchte es 400 000, um alles Land zu bebauen. Es wird nur gesät, was auch geerntet werden kann. Dieses Land ist insofern einmalig, als es neben den schönsten Herrlichkeiten an den simpelsten Dingen unseres Komforts gebricht. Das Gut ist das einzige im Land mit einer Carcel-Lampe und einem Krankenhaus. Es gibt 10 Fuß hohe Spiegel und keine Wandbespannungen. Dabei gilt Wierzchownia als das prächtigste Anwesen der Ukraine, die so groß wie Frankreich ist. Man genießt hier die herrlichste Ruhe. Die Amtspersonen waren selbst mir gegenüber ausgesucht galant und aufmerksam; ohne diese Wunder wäre ich keinen Schritt weit gekommen, da ich die Sprachen der von mir durchquerten Länder nicht kenne. Zwischen der europäischen Grenze und Odessa gleicht alles einem Feld der Beauce. Meine Ankunft wurde auf traurige Weise durch einen schrecklichen Brand angekündigt, der mehrere Häuser verzehrte, und vor zwei Tagen ereignete sich ein weiterer Brand, dessen furchtbares Schauspiel ich miterlebte. Trotz der überaus fruchtbaren Böden ist die Verwandlung von Rohstoffen in Geld äußerst schwierig, denn die Verwalter stehlen und es fehlt an Arbeitskräften zum Dreschen des Weizens, der mit Maschinen gedroschen wird. Trotzdem macht man sich keinen Begriff von der Macht und dem Reichtum Russlands, wenn man es nicht mit eigenen Augen gesehen hat. Diese Macht und der territoriale Reichtum werden Russland früher oder später den Vorrang auf dem europäischen Markt für Agrarerzeugnisse sichern. Und hier nun die diesbezüglichen Informationen, die für Deinen Mann bestimmt sind, und die Fragen, auf die ich ihn zu antworten bitte: Denn entweder gibt es nichts oder aber ein ganzes Vermögen. Die beiden Grafen Mniszech besitzen ein Stück Land, eines der schönsten des Reichs, das zu ihrem

Glück an der russischen Grenze, fünf französische Meilen von Brody entfernt liegt. In Brody beginnt die große Straße Galiziens, die zur Eisenbahn in Krakau führt; die Eisenbahn von Krakau nach Frankreich soll, da es unlängst nur noch eine Lücke von wenigen Meilen zwischen Hamm und Hannover gab, am 15. dieses Monats fertiggestellt werden und im Augenblick, da Ihr diesen Brief erhalten werdet, bereits in Betrieb sein. Derzeit wird bei uns in Frankreich, wo die Eisenbahnschwellen eine ungeheure Menge an Eichenholz verschlingen, das Eichenholz knapp, und ich weiß, dass es für Bau- und Schreinerarbeiten nunmehr fast das Doppelte kostet. Diese Herren, die einen hochstämmigen Eichenwald von 20 000 Morgen besitzen, können 60 000 zehn Meter hohe Eichenstämme verkaufen, die an der Basis im Durchschnitt 15 Zoll und am dünnen Ende 10 Zoll dick sind. Der Stückpreis für den Besitzer müsste Folgendes beinhalten: 1.) den Transport von Brody nach Krakau (80 Meilen) und 2.) den Frachtpreis der Eisenbahn von Krakau nach Paris, einschließlich der Überfahrten über den Rhein in Köln und über die Elbe in Magdeburg, denn die beiden Ströme – in Köln gibt es noch keine Brücken, in Magdeburg sind sie gerade im Bau – machen zwei Umladungen erforderlich. Und das Umladen von 60 000 solcher Balken ist kein Kinderspiel; wenn sich aber der Einkauf auf 10 Francs beläuft und die Transportkosten 20 Francs betragen (diese Zahlen sollen meine Argumente stützen), der Balken also insgesamt 30 Francs kostet, stellt sich die Frage, was in Paris 60 000, dreißig Fuß lange, vierkantig behauene Eichenholzbalken wert sind, die 60 000 zwanzig Fuß lange Balken und 60 000 zehn Fuß lange Schwellen ergeben würden. Wenn auch nur 20 Francs Gewinn dabei heraussprängen, wären es 1 200 000 Francs. Ein solches Geschäft kann nicht ohne Bankier abgeschlossen werden, außerdem versteht sich von selbst, dass es nur in Abschnitten vonstatten gehen kann, dass man mit einem Zehntel beginnen und sich gegen die entsprechenden Garantien für dieses riesige Unterfangen zwei Jahre Zeit lassen sollte. Ich weiß jedoch, dass eine Eiche der erwähnten Größenordnung in Frankreich über 100 Francs wert ist. Sag Deinem Mann, dass er bei der Verwaltung des Chemin de fer du Nord alle nötigen Informationen bekommen wird: zu den Frachtpreisen der vier Eisenbahnen, die für die einzelnen Streckenabschnitte zwischen Paris und Krakau zuständig sind, zu Transitgebühren, aber auch zu den möglichen Ermäßigungen der Eisenbahngesellschaften bei einem für sie profitablen Geschäft. Er soll mir entschieden antworten zu diesem Geschäft, das, selbst wenn es uns nur 5 Francs Gewinn pro Balken und 2 Francs pro Schwelle einbringen sollte, abzüglich aller Kosten immer noch ein Vermögen von 420 000 Francs ergäbe. Es lohnt sich durchaus darüber nachzudenken, zumal es die Mitgift Deiner Töchter wäre. Es besteht kein Zweifel an der Existenz der 60 000 Eichenstämme, geschweige denn an meiner Fähigkeit, sie zum Preis x erwerben zu können; ich bezweifle allerdings, dass wir sie unter 8 Francs bekommen, höchstens gegen Ende der Verkaufsfrist. Da ich nur von den Eichenstämmen und nicht von den Ästen spreche, ließen sich, wenn wir uns selbst um das Fällen kümmern würden, vielleicht noch weitere 120 000 Schwellen aus den großen Ästen herstellen, ganz zu schweigen von einer riesigen Menge Brennholz. Zwischen Krakau und Brody verläuft eine ausgezeichnete 80 französische Meilen lange Straße, die im Winter von Schlitten befahren wird; dort gibt es Postwagen und verschiedene Relais unter der Aufsicht intelligenter Juden, die außerordentlich kühne Geschäfte machen und dementsprechend alle Vorteile der Konkurrenz aufzubieten haben. Antwortet mir also so schnell wie möglich, und Surville soll mir eine genaue Aufstellung machen über alle Kosten für den Transport von Krakau nach Paris, für den Durchgangshandel, mögliche Einfuhrgebühren in Frankreich usw. Ich werde hier in Erfahrung bringen, was der Transport von Brody nach Krakau kosten wird, und die Summe auf den Betrag aufschlagen. Wir werden die Angelegenheit zunächst brieflich erörtern und sie im Frühjahr, wenn sie denn machbar ist, nach reiflicher Überlegung umsetzen. Es ist nicht verwunderlich, dass sie noch nicht in Angriff genommen wurde, denn man macht sich keinen Begriff von der Sorglosigkeit der Grundbesitzer in diesen Ländern, die eisigen Antillen gleichen, wo kreolische Grundbesitzer mit ihren *mushiks* die Anwesen verwalten. Diese beiden Herren sind die Aufrichtigkeit in Person, an der Verlässlichkeit ihrer Zusagen oder des Vertrages kann kein Zweifel bestehen, und was das Fällen betrifft, so haben sie die Absicht, 2 000 Morgen urbar zu machen; diese 2 000 Morgen stellen also kein Problem dar. Und auf den 14 000 übrigen

Morgen würden wir die Bäume markieren. Ich wünschte, diese Angelegenheit wäre machbar, und die Tatsache, dass ich Euch davon unterrichte, beweist, dass ich stets an Euch und meine Nichten denke. Es gilt vor allem herauszufinden, ob der Transport auf dem Wasser- oder auf dem Schienenweg günstiger ist; denn wenn man schon *Tannen* sehr gewinnbringend von Riga und Archangelsk nach Le Havre befördert und dabei in Riga, Le Havre und Paris ganze Vermögen macht, was wäre es erst, wenn man die Tannen durch Eichen ersetzte, deren Wert sich mindestens auf das Doppelte beläuft.

Richte bitte meiner Mutter zärtliche Wünsche aus, und tausend Grüße an Surville und Deine Kleinen. Und nun habe ich eine äußerst wichtige Bitte an Dich: dass Du aufmerksam die Zeitungen liest und mich umgehend benachrichtigst, falls der Chemin de fer du Nord neue Einzahlungen fordert und eine Nachzahlung verlangt. Das ist von höchster Wichtigkeit. Hier meine Adresse, die ich Dich bitte, niemandem zu geben, ja, nicht einmal zu sagen, dass Du sie hast oder dass Du mir schreibst. *An Herrn von B[alzac], in Wierzchownia, nahe Berditschew, Gouvernement Kiew (Russisches Kaiserreich), über Forbach, Krakau und Brody.*

Möge dieser Brief Euch alle bei guter Gesundheit erreichen und mehr als eine bloße Hoffnung enthalten.

Seit zwei Tagen leide ich an einem heftigen Katarrh, der voraussichtlich zwei Monate währen wird und mich daran hindert, das Haus zu verlassen. Ich muss nach Kiew fahren – das Rom des Nordens, die Stadt mit den 300 Kirchen –, um beim Generalgouverneur vorzusprechen, dem Vizekönig von drei Gouvernements, die so groß sind wie ein ganzes Reich, und meine Aufenthaltsgenehmigung zu erhalten. Es ist mir physisch unmöglich, vor März nach Paris zurückzukehren, da es Winter wird und ich winters nicht reisen will. Ich werde nicht vor April in Paris sein können; aber ich werde sicher hierher zurückkehren, da wir auf die Krim reisen möchten, in den Kaukasus und bis nach Tiflis. Diese Reise reizt mich sehr, es gibt nichts Schöneres als diese Länder. Man sagt, es sei die Schweiz zuzüglich des Meers und einer tropischen Vegetation.

Nun aber Lebewohl – nur noch ein Wort. Die Cholera wird Euch wieder erreichen, sie ist in Kiew oder doch ganz in der Nähe und richtet dort gründlich ihre Verwüstungen an. Um mich macht Euch bitte keine Sorgen, denn die Cholera tötet für gewöhnlich nur Erbonkel, und meine Hinterlassenschaft ist noch nicht stattlich genug, als dass die Cholera mich in Betracht zöge: Leute mit Schulden lässt sie in Ruhe.

Das Holzgeschäft ist bisher nicht vorangekommen, weil die entsprechenden Transportmittel fehlten; die Eisenbahnstrecken werden dieses Jahr fertiggestellt, da die Lücke zwischen Hamm und Hannover erst am 15. Oktober geschlossen wird. Womöglich wird es schon binnen Jahresfrist eine direktere Strecke geben, nämlich die Eisenbahnlinie von Krakau nach Dresden und von Dresden nach Straßburg, die innerhalb des Zollvereins bleibt; und ich glaube, von Straßburg nach Paris gibt es einen Wasserweg über den Rhein-Marne-Kanal, sodass ein Umladen in Köln und Magdeburg vermieden werden könnte. Ein solches Geschäft erfordert eine fünf- bis sechsmonatige Vorbereitung, und es steht außer Zweifel, dass die Eisenbahnlinie zwischen Dresden und Straßburg in sechs Monaten fertig sein wird; in Kehl müsste jedoch immer noch ein Verladen auf den Rhein-Marne-Kanal vorgenommen werden. Die Eisenbahn von Straßburg wird zahlreiche Schwellen benötigen, und in den umliegenden Wäldern gibt es wesentlich mehr Tannen- als Eichenholz. Es ist nicht zu leugnen, dass sich der Bau der Eisenbahnlinien erheblich auf den Preis für die Rohstoffe auswirkt, weil er riesige, unbekannte Produktionszentren mit Orten verbindet, an denen diese Materialien teuer sind. Nicht zu vergessen ist ferner, dass man sich vom Zoll als Schutzmaßnahme Gewerbescheine für die Einfuhrgebühren ausstellen lassen kann und dass diese umso leichter zu bekommen sind, wenn es sich um Eisenbahnbedarf handelt. Es wäre recht merkwürdig, wenn sich Sophies Mitgift im Gebälk fände, nachdem sie doch ihre Probleme mit einem Zimmermann hatte: In jedem Fall hätte sie ihre Verheiratung den Tiefen eines Waldes zu verdanken. Nun aber Lebewohl. Tausend Grüße an alle und an Dich ganz besonders.

Dein Bruder,
Honoré.

AN GUSTAVE SILBERMANN

[Wierzchownia, 3. oder 4. Oktober 1847]

Mein lieber Silbermann,

ich will den Brief meines lieben Gastgebers und Freundes nicht auf den Weg geben, ohne mich Ihnen und Madame Silbermann zu empfehlen und Ihnen tausendfach für all die Fürsorge zu danken, die Sie den Reisenden angedeihen lassen. Ich hoffe, Sie in einigen Monaten zu sehen, wenn ich aus diesem fernen Land zurückkommen werde, bis zu dem man ein Viertel des Erdmeridians zurücklegen muss; die Erschöpfung indes wird durch die Freundschaft der Schlossbewohner großzügig entlohnt. Wir planen eine Reise in den Kaukasus, um dort nach Insekten für Sie zu suchen und Taurien für Ihre Sammlungen zu plündern. Hier lebt es sich so glücklich und geruhsam, dass man weder Frankreich noch Paris noch den unvergleichlichen Ärgernissen der konstitutionellen Regierung nachtrauert. Man isst den ganzen lieben Tag lang und weiß das Mehl auf 162 verschiedene Arten zuzubereiten, mit ebenso vielen Klümpchen, wie Sie Rüsselkäferarten haben. Man begegnet hier sehr ergötzlichen Juden, und ich schwöre Ihnen, dass die Bauern, deren Knechtschaft in Paris für solche Empörung sorgt, weitaus glücklicher sind als die unseren mit ihrer Freiheit, weil sie einen Zaren verehren können, während unsere Bauern die Regierung nicht ertragen; ja, sie sind so glücklich, dass sie oft vor Glück und Schnaps ganz trunken sind, wie es heißt. Das mit Schnaps verquickte Glück bringt meinen Freunden, die sich nicht schämen, dieses Glück in scheußlichen Baracken gläschenweise zu verkaufen, viele Rubel ein; damit gelingt es ihnen, den Bauern das wieder abzuknöpfen, was diese in ihrem Glückstaumel ihren Herren genommen haben, und mir gefällt dieser Tausch von Waren, den ich gern auch in Frankreich verbreitet sähe, denn die Bauern haben großes Vergnügen daran, ihr Geld ihren geliebten Herren zu geben, solange nur der Schnaps fließt. Ihr klarer Schnaps stinkt, wie man zugeben muss, ganz widerlich und würde unseren Bauern als Abführmittel dienen; aber ich versichere Ihnen, dass es dank dieses Regierungsmittels kein glücklicheres Land auf Erden gibt. Ich befinde mich in einem Louvre voller Insekten, und habe Angst, eines Tages in der Sammlung Mniszech einen Stachel zu verspüren – am liebsten meinen eigenen, denn ich würde gern für immer bleiben, so geistreich und liebenswürdig sind die Entomologen samt ihren Frauen! Leben Sie wohl und auf bald, ich plane meine Rückkehr für kommenden April und hoffe, Sie wohlauf anzutreffen. Einstweilen verbleibe ich mit der Versicherung meiner ausgezeichnetsten Hochachtung,

de Balzac.

AN DEN GRAFEN OUVAROFF

Oktober [1847], Wierzchownia

Verehrter Graf,

ich kehre aus Kiew zurück, und der Empfang, der mir dort bereitet wurde, bedeutete mir, wie sehr ich Eurer Exzellenz verpflichtet bin, die Sie mich offenbar so rasch und herzlich den Behörden dieses großen russischen Roms empfohlen haben. In Wirklichkeit glaube ich, dass der Verfasser des *Lobpreises auf Goethe* in mir seinen Kollegen sehen wollte. Einige Tage zuvor hatte ich den reizenden Brief erhalten, den Sie mir als Antwort auf denjenigen, den ich Ihnen aus Paris geschickt hatte, zu schreiben geruhten; da ich aber von Paris eine Woche hierher brauchte und mich erst von den Strapazen der Reise erholen musste, konnte ich Ihnen nicht umgehend danken. Die rasche Beförderung hinderte mich entsprechend daran, Ihrem liebenswürdigem Schutz an der Grenze zu begegnen; das Glück aber, das mir zwischen Paris und Brody in Gestalt einiger Reisender, die sich mir als Dragomane erboten, eine ganze Kette von Gefälligkeiten erwies, hatte mir ferner geraten, ein Schreiben von Monsieur de Kisseleff für den Grenzvorsteher in Radziwillow mitzunehmen. Dort bezeigte mir Herr von Hackel eine Russland zur Ehre gereichende Gastfreundschaft und erleichterte mir meinen Weg hierher. Da man sich als Franzose der Mode der bereisten Länder anpassen muss, legte ich den Weg mit fast kaiserlicher Geschwindigkeit in einer einfachen *kibitka* zurück. Ich war erfreut zu erfahren, dass mich von meinen Freunden nur mehr sechs Reisetage trennen, da die Lücken zwischen Hamm und Hannover und zwischen Myslowitz und Krakau, die mich achtundvierzig Stunden kosteten, inzwischen geschlossen sind. Sechs Tage dauert nun die Verbindung zwischen Paris und Berditschew, und so wird man dreimal so schnell mit der Dampfkraft zu Lande von Paris nach Odessa gelangen als mit der Dampfkraft zu Wasser von Marseille aus.

Was wird uns diese unvermutete Umarmung zwischen großen Weltreichen einbringen? Ich fürchte, sie werden Junge werfen.

Da ich zum ersten Mal in diesen Teil Ihres unermesslichen Reiches komme, wird es Sie nicht wundern, verehrter Graf, dass ich zutiefst überrascht war, hier statt der in Frankreich seit dem fatalen Jahr 1812 noch immer berüchtigten Wüsten eine herrliche, sechzig Meilen lange (ich weiß nicht wie breite) und ungeheuer fruchtbare Beauce zu finden. Wenn unsere Beauce die Pariser Ukraine ist, dann haben Sie hier die Beauce ganz Europas. Unterwegs sah ich Gruppen von Bauern und Bäuerinnen fröhlich singend auf dem Weg zur Arbeit oder auf dem Heimweg; da ich nicht davon ausgehe, dass man eigens für mich Bauern aus der komischen Oper auf den Weg geschickt hat – so wie Potemkin einst die Krim für Katharina die Große besiedelte –, konnte ich auf meiner Fahrt durch jene vollendete Friedlichkeit, durch Dörfer ohne Bettler, nicht umhin, diesen lebendigen und kraftvollen Körper mit dem Gespenst Galiziens zu vergleichen, das mit sämtlichen Knochen nach Almosen verlangt, und ich wunderte mich nicht mehr darüber, dass sich viele Galizier den Kaiser von Russland als Herrn ersehnen ...

Aber, wie man in Frankreich in bezug auf Fünffrankenstücke so schön sagt: Reden wir nicht über Politik. Und so habe ich mich dazu hinreißen lassen, mit dem überlegenen Manne zu plaudern und meine Dankbarkeit zum Ausdruck zu bringen, statt in ihm den Minister zu sehen. Mögen Eure Exzellenz mir verzeihen und hier den Ausdruck meiner Hochachtung lesen, mit der ich verbleibe als Ihr

ergebenster und gehorsamster Diener
de Balzac.

AN MICHEL IOUZEFOVITCH

Wierzchownia, Oktober [1847]

Monsieur,

erst hier konnte ich die reizenden Ansichten von Kiew auspacken und betrachten, die von Ihnen zu erhalten ich die Ehre und das Vergnügen hatte; nun spreche ich Ihnen meinen Dank dafür aus und bitte Sie, die unfreiwillige Verspätung zu entschuldigen.

Es bedurfte gar nicht jener materiellen Erinnerung, verehrter Monsieur, um mich des wohlwollenden Empfangs zu entsinnen, den Sie und alle anderen Amtspersonen dieser großen Metropole mir bereitet haben und den ich für meine aufrichtige Bewunderung Russlands verdient zu haben glaube. Nach meiner Rückkehr aber werde ich Kiew zu den Städten zählen, die ich wiedersehen möchte und deren Ansichten mein Treppenhaus zieren. Und so werde ich vielleicht bald wieder vorbeischauen; wenn ich voller Sorgen bin, wird mich Kiew mit seinen Kuppeln, Kiew mit seinen Hügeln, seinen Gärten und Schatzkammern locken und die Ärgernisse der Literatur zerstreuen; ich werde das Palais Funduklei mitsamt seinen mir so zugewandten Gästen wiedersehen und sagen: »Das war eine Zeit der Ferien, eine gute Zeit!« Aufgrund dieser Gewissheit bedaure ich, dass auch ich Kiew nur diesen einen Tag als Erinnerung hinterlassen kann, und Ihnen, verehrter

Monsieur, alle ergebensten Wünsche, mit denen ich verbleibe als Ihr ergebenster und gehorsamster Diener

de Balzac.

AN LAURE SURVILLE

[Wierzchownia, November oder Dezember 1847]

Meine liebe Schwester,

richte Surville aus, dass das Holz tatsächlich die in Frankreich fehlende Abmessung hat und es wirklich 100 000 Baumstämme gibt; aber seine Berechnungen sind zutreffend; und trotz dieser Reichtümer wird das Umladen von einer Eisenbahn in die nächste – in Breslau, Berlin, Magdeburg und Köln – sie nutzlos machen. Diese Berechnungen habe ich angestellt, während Dein Brief unterwegs war. Es besteht keine Möglichkeit, sie bis an die Weichsel zu transportieren und sie in Danzig nach Le Havre einzuschiffen, da es zwischen dem Produktionsort und der Weichsel – nicht der Weichsel selbst, sondern einem ihrer Zuflüsse, dem Bug – keine Landstraßen gibt. Während mein Brief auf dem Weg war, habe ich mich an die Geschichte eines für 500 000 Francs in der Auvergne erworbenen 48 000 Morgen großen Waldes erinnert, der seinen Spekulanten aufgrund des unmöglichen Transports ruiniert hat. Seither habe ich mir sagen lassen, dass es in Archangelsk Millionen gigantischer Baumstämme geben soll, die sich wie ein riesiges Floß über das Eismeer breiten.

Man macht sich keinen Begriff von den in Russland angehäuften unermesslichen Reichtümern, die in Ermangelung der entsprechenden Transportwege verkommen. Wir heizen hier (und Wierzchownia ist ein Louvre) mit Stroh; in einer Woche verbrennen die Öfen alles Stroh, das auf dem Marché Saint-Laurent in Paris zu sehen ist. Unlängst war ich auf dem *folwarok* in Wierzchownia, wo man Weizenschober aufstellt und der Weizen mit Maschinen gedroschen wird; allein für dieses Dorf gab es 20 sechsunddreißig Fuß hohe, fünfzig Schritt lange und zwölf Schritt breite Schober. Aber die Diebstähle der Verwalter und die Kosten schmälern die Einkünfte ganz beträchtlich. Man macht sich in Frankreich keine Vorstellung von solchen Existenzen. In Wierzchownia muss man sämtliche Handwerker für den eigenen Bedarf unterhalten: einen hauseigenen Konditor, einen Tapezierer, einen Schneider und einen Schuhmacher. Nun verstehe ich die 300 Bediensteten, von denen mir der selige Monsieur Hanski, der ein ganzes Orchester besaß, in Genf berichtete. Graf Mniszech, der glückliche Gatte der Gräfin Anna, besitzt in Wolhynien ein Schloss, das Polens Versailles ist und das ich mir ansehen muss. Sein Bruder wohnt dort, da Graf Mniszech selbst in Wierzchownia lebt. Diese unermesslichen Vermögen haben jedoch auch unermessliche Schulden. Das Vermögen der Gräfin Anna, die von ihrem Onkel geerbt hat, ist eines der ansehnlichsten im ganzen Land, und gerade noch rechtzeitig hat sie das Vermögen ihres Mannes gerettet, den sie sehr verehrt und der diese Verehrung verdient. Daraus kannst Du ersehen, dass mein größter Wunsch noch lange nicht in Erfüllung gehen wird. Madame Hanska ist ihren Kindern unentbehrlich, sie leitet und unterweist sie in der ungeheuerlichen Verwaltung dieser

Güter. Sie hat alles ihrer Tochter vermacht, und ich kannte ihre Absichten seit Petersburg. Es ist mir im Übrigen eine Freude, dass das Glück meines Lebens gänzlich uneigennützig ist. Umso eifriger bewahre ich, was mir anvertraut ist. Meine missliche Lage wird noch etwa zwei Jahre währen, denn das Jahr 1848 wird so schwer zu überstehen sein, dass ich noch ein paar Monate lang die vollständige Zahlung des Soldes meiner Mutter hinauszögern muss; es sei denn, meine literarischen Arbeiten erweisen sich als ausnehmend produktiv. Erst hier sind mir die diversen Schwierigkeiten bewusst geworden, die der Erfüllung meiner Wünsche im Wege stehen.

Die Cholera wütet auf grausame Weise. In Saratow hat sie 9 000 Menschen hinweggerafft, und in Kiew, wohin ich endlich gefahren bin, tötet sie täglich 40 bis 50 Menschen; denn ich war nun in Begleitung der Damen in Kiew, der junge Graf selbst war noch unterwegs: auf dem Heimweg von einem ungeheuer ausgedehnten Landgut in der Größe unseres Departements Seine-et-Marne, das von drei Flüssen – Dnepr, Pripjat und Teterew – bewässert wird und wo es einen pflichtvergessenen Verwalter zu entlassen galt; wir fuhren ihm also entgegen und ich sah das Rom des Nordens, die Tatarenstadt mit den 300 Kirchen, die Herrlichkeiten der Lawra und die Hagia Sophia der Steppen. Das muss man einmal gesehen haben. Man überschüttete mich mit Aufmerksamkeiten. Könnt Ihr es glauben, dass ein reicher *mushik* alle meine Werke gelesen hat, jede Woche eine Kerze in der Sankt-Nikolaus-Kirche für mich ansteckt und, nur weil er mich sehen wollte, den Dienstboten einer Schwester von Madame Hanska Geld versprochen hat, um in Erfahrung zu bringen, wann ich zurückkäme?

Die Cholera hat auch Wierzchownia nicht verschont und soll nun in Wien sein; doch wir sind alle wohlauf. Fünfzig Werst von hier entfernt hat sie einen Sohn der reichen Madame Branicka dahingerafft. Wir haben hier im Übrigen einen ausgezeichneten Arzt, der seit zwanzig Jahren in Wierzchownia praktiziert, wo es eine hervorragende Tuchfabrik gibt. Man fertigt mir dort für den Winter einen mit Silberfuchs gefütterten Überzieher aus einheimischem Tuch, das dem französischen Tuch ebenbürtig ist. Es werden 10 000 Stück Tuch pro Jahr hergestellt.

Augenblicklich verfüge ich über eine hübsche kleine Wohnung, die Salon, Studierzimmer und Schlafzimmer umfasst; das Studierzimmer hat rosafarbenen Stuckmarmor, einen Kamin, herrliche Teppiche und bequeme Möbel, die Fenster sind allesamt aus Spiegelglas, sodass ich nach allen Seiten hin in die Landschaft blicken kann. Das mag Dir eine Vorstellung von diesem Louvre in Wierzchownia geben, in dem es fünf bis sechs solcher Wohnungen gibt.

Da ich augenblicklich viel arbeite, um nach meiner Rückkehr etwas veröffentlichen zu können, das mir die für meine Geschäfte nötigen 45 000 Francs einbringt, esse ich mittags oben und gehe erst zum Abendessen hinunter; doch die Damen und Graf Georges statten mir kurze Besuche ab. Es ist ein ganz patriarchalisches Leben ohne Widrigkeiten. Hier ist alles in sich stimmig, während anderswo eine merkwürdige Verbindung aus Luxus und Elend herrscht. Das ist das Schauspiel, das Kiew bietet. Für mein Treppenhaus bringe ich Ansichten von Kiew mit zurück, die von einem Deutschen stammen und hervorragend lithografiert sind.

Eure Briefe haben mich sehr erfreut, und ich bin glücklich, von meiner Mutter zu wissen, dass das kleine Haus in der Rue Fortunée gut gehütet wird, denn die Gräfin macht sich große Sorgen um dieses Anwesen mit all seinen Reichtümern. Es ist das Ergebnis sechsjährigen Sparens, und sie hat Angst vor Dieben oder Unglücksfällen. Ich bin vor der Versicherung des Mobiliars zurückgescheut, denn jede Ausgabe schmerzt, wenn es hier noch 100 000 Francs zu zahlen gilt, und dort weitere 100 000 Francs für Silberzeug, Wäsche, zusätzliches Mobiliar, Wagen usw. aufgebracht werden sollen. Für dieses Nest wird Halm für Halm zusammengetragen. Es ist gut, dass meine Mutter so tut, als ob ich zurückerwartet würde, und sich jede Woche erkundigen geht, ob ich bereits angekommen sei; das wird die Leute auf Trab halten.

Das, was Du mir berichtest, wäre ganz ausgezeichnet, wenn die Dinge tatsächlich so lägen, wie Du schreibst; und wenn es dazu käme, wäre ich rechtzeitig in Paris, denn ich will in den ersten Märztagen wieder zurück sein. Ich wünsche es meinem Konto von Herzen, und wenn sich die Verbindung zwischen dem *Ethnographen* und Monsieur Chevallier bewahrheitet, zählt sie zu den wichtigsten Beweggründen, denn Monsieur Chevallier wird früher oder später Einfluss auf die industriellen Angelegenheiten nehmen und in absehbarer Zeit entweder Unterrichts- oder Straßenbauminister sein. Hier würde alles von Charakter und Begabung abhängen: die beiden einzigen erstrebenswerten Vorzüge, denn das Vermögen ist nichts. Bekanntlich haben reiche Leute ihre Vermögen verloren und nie wieder zurückgewinnen können. Alles Glück einer Frau liegt in den Fähigkeiten und dem angenehmen Wesen ihres Mannes. Nun aber Lebewohl, denn heute schicken wir einen Kosaken über 60 Werst mit den Briefen durch die Steppe nach Berditschew, und ich muss schließen.

Du weißt alles, was ich meinen Nichten antworten kann, umarme sie für mich, danke Surville für seine Mühe, und möge Gott Euch alle beschützen. Du hast mir nicht gesagt, ob Surville 1848 Aufträge für Brücken hat, ob seine Geschäfte laufen. Du hast mir mit der nötigen Schicklichkeit und Diskretion geschrieben und recht daran getan. Schreibt mir, sooft Ihr könnt, und seid Euch der Zuneigung Eures Onkels, Bruders und Sohnes gewiss. Die Notwendigkeit, M. S. und meiner Mutter zu schreiben, hat viel Zeit in Anspruch genommen, sodass ich meinen Nichten nichts als gute Wünsche schicken kann; sie wissen wohl, was ich ihnen wünsche. Bestätigt mir immer den Empfang meiner Briefe, denn die Kosaken betrinken sich, verlieren die Briefe, und selbst Schläge bringen die Korrespondenz nicht wieder zurück.

Honoré.

AN LAURE SURVILLE

Wierzchownia, 26. Januar [1848]

Meine liebe Schwester,

heute erreichen mich alle Eure Briefe, und meine Zeit reicht gerade aus, um mich dafür zu bedanken, da ich im Begriff bin aufzubrechen, und ich werde diese Reise bei einer solchen Kälte antreten (heute Morgen hatten wir minus 21 Grad), dass alle möglichen Vorkehrungen zu treffen sind; aber meine lieben Freunde kennen sich damit aus, und ich habe gerade einen Mantel anprobiert, der über den Pelzrock gezogen wird und einer Schutzmauer gleicht. Als ich vor ein paar Tagen mit dem Schlitten unterwegs war, bemerkte ich, dass der Silberfuchspelz angesichts der furchtbaren Kälte wie ein Blatt Löschpapier war. Ich reise in fünf Tagen ab, denn die Nachzahlung für den Chemin de fer du Nord ruft mich unweigerlich nach Paris zurück, und alles Vergnügen muss den Geschäften weichen, besonders denjenigen, die mir noch nicht sicher sind. Ich schreibe Dir also auf die Schnelle diesen Gruß, damit Du meine Mutter bittest, in der Rue Fortunée Bescheid zu sagen, dass ab dem 16. Februar jeden Morgen mit mir zu rechnen ist. Bring auch diesen Brief für Monsieur Santi zur Post, der gut auf alles Nötige achtgeben wird, denn er ist für die Beaufsichtigung des Hauses bestens geeignet.

Meine Mutter wird sich denken, dass es dementsprechend

gänzlich sinnlos ist, Monsieur Gavault aufzusuchen, es sei denn, ich bin bis zum 19. noch immer nicht da. Für den Fall, dass ich bis dahin nicht eingetroffen bin, soll sie meinen Brief Monsieur Gavault erst am 20. aushändigen. Es besteht kein Grund zur Sorge, falls sich meine Ankunft verzögern sollte, denn durch übermäßige Schneefälle kann man sich 8 bis 10 Tage verspäten und in scheußlichen kleinen Städten festsitzen.

Ich habe im Übrigen in Frankfurt und Mainz geschäftlich zu tun, und ich will ein bisschen in Berlin verweilen, das zu besichtigen mir immer die Zeit fehlte.

Die Nachricht von einer Nachzahlung, die mir Surville in seinem Brief mitteilte, erreichte mich mitten in einer wichtigen Arbeit, die gut voranging und nun unterbrochen wird.

Sage niemandem etwas von meiner Ankunft, denn ich möchte eine Weile in Paris bleiben, ohne gleich Besuch von unzähligen Leuten zu bekommen, die über mich hereinbrechen, weil sie Geld wollen, und ich werde zwei Wochen lang abwesend sein, in denen ich meine Arbeit beenden will.

Nun also auf bald. Umarme meine Mutter und Deine Töchter für mich. Richte Surville tausend Grüße aus und sei all meiner Zärtlichkeit gewiss,

Dein Bruder,
Honoré.

Reiseroute*
von Paris nach Wierzchownia

5. bis 13. September 1847

Sonntag, der 5. – Paris, Abfahrt: 8 Uhr abends.

Montag, der 6. – Amiens: 0.10 Uhr; Valenciennes: 4.15 Uhr; Brüssel (Südbahnhof): 7.15 Uhr; Brüssel (Nordbahnhof): 10.15 Uhr; Liège: 2.10 Uhr; Aachen: 5.45 Uhr; Köln: 8.15 Uhr; Bettruhe.

Dienstag, der 7. – Köln: 5.30 Uhr morgens; Düsseldorf: 6.50 Uhr; Hamm, Ankunft: 10.30 Uhr; Abfahrt: gegen 1 Uhr.

Mittwoch, der 8. – Hannover, Ankunft und sofortige Abfahrt: 5 Uhr morgens; Braunschweig, Ankunft 6.45 Uhr; Abfahrt: 7.30 Uhr; Magdeburg, Ankunft: 9.45 Uhr; Abfahrt: Mittag; Berlin, Ankunft: 3 Uhr; Abfahrt: 10.45 Uhr abends.

Donnerstag, der 9. – Frankfurt an der Oder: 1.40 Uhr morgens; Breslau, Ankunft: 11.45 Uhr; Abfahrt: 12.15 Uhr; Cosel: 2 Uhr; Krakau, Ankunft im Laufe des Nachmittags; Abfahrt am Abend.

Freitag, der 10. – Durchquerung Galiziens über: Wieliczka, Przeworsk (Diner bei Fürst Henri Lubomirski), Lemberg.

Samstag, der 11. – Brody, Ankunft: 5 Uhr morgens; Abfahrt nachmittags; Radziwillow, Ankunft im Laufe des Nachmittags (Diner bei Herrn von Hackel); Abfahrt: 11 Uhr abends.

Sonntag, der 12. – Dubno, Ankunft: 2.30 Uhr morgens und Bettruhe; Abfahrt im Laufe des Vormittags; Annopol: 6 Uhr abends.

Montag, der 13. – Shitomir, Ankunft: 8 Uhr morgens; Abfahrt: gegen 10 Uhr morgens; Berditschew, Ankunft: gegen Mittag; Abfahrt: gegen 2 Uhr nachmittags; Wierzchownia, Ankunft: bei Sonnenuntergang.

Transportmittel. – Paris bis Hamm: Eisenbahn; Hamm bis Hannover: Schnellpost und Extrapost; Hannover bis Gleiwitz: Eisenbahn; Gleiwitz bis Brody: Postkutsche; Brody bis Radziwillow: Wagen des Gastwirts; Radziwillow bis Berditschew: *kibitka*; Berditschew bis Wierzchownia: *buda*.

* Zusammengestellt nach Balzacs *Lettre sur Kiew* und dem offiziellen Fahrplan des Chemin de fer du Nord

Ewelina Hańska, Miniatur von Moritz Daffinger, Wien 1835.
Honoré de Balzac, Daguerreotypie von Louis-Auguste Bisson, 1842.

Nachwort

Balzac bedachte sie mit einem ganzen Strauß von Kosenamen: sie war sein »louploup«, weil es in ihrer ukrainischen Heimat Wölfe gab, seine »Kosakin«, wofür die patriotische Polin ihn rüffelte, oft war sie auch sein ferner »Polarstern«. Ihr gefiel »Atala« am besten, nach der edlen Wilden aus Chateaubriands gleichnamiger Erzählung. So hatte sie schon einmal ein Großer der Literatur genannt – der junge Alexander Puschkin, der ihr 1820 in Odessa den Hof machte. Damals war die polnische Magnatentochter Ewelina Rzewuska sechzehn, vielleicht auch erst vierzehn Jahre alt gewesen. Als sie 1832 in Balzacs Leben tritt, ist sie eine verheiratete Frau und lebt mit ihrem sehr viel älteren Ehemann Wacław Hański, einem polnischen Großgrundbesitzer, auf Schloss Wierzchownia im Südosten der Ukraine. Dass dieser Teil des einstigen Königreichs Polen seit 1793 zu Russland gehört und Gräfin Hańska eine Untertanin des Zaren ist, wird in der französisch-polnischen Langzeitaffaire eine Rolle spielen.

Die Winterabende auf dem entlegenen Landsitz mögen lang und vielleicht auch etwas langweilig gewesen sein. Sie brachten die junge Ewelina Hańska auf den Gedanken, dem auch in Russland beliebten Romanautor Honoré de Balzac einen schwärmerischen Brief zu schreiben. Sie zeichnet geheimnisvoll *L'Étrangère,* die Fremde, und lässt den Brief in

Odessa aufgeben. Was als Korrespondenz zunächst schleppend in Gang kommt, wird einmal Literaturgeschichte schreiben: Balzacs 444 *Lettres à Madame Hańska,* verfasst zwischen 1832 und 1848, gelten als Werk eigenen Rechts. Schon vom schieren Umfang her entsprechen die vier voluminösen Bände einem Viertel des Balzacschen Romangebäudes der *Comédie humaine.* Die Briefe verzeichnen nicht nur die Fieberkurven einer Fernbeziehung, sie sind auch Chronik des Pariser Lebens, Werkjournal, Psychogramm und nicht zuletzt Einnahmen- und Schuldenstandsbericht eines Schriftstellers, dessen »poesiegetränktes Hirn gleichwohl mit Zahlen ausgestattet war wie das Büro eines Wechselmaklers« (Charles Baudelaire).

Lettre sur Kiew überschrieb Honoré de Balzac den Bericht seiner Reise von Paris in die Ukraine, die er im Spätsommer 1847, vierzehn Jahre nach der ersten Begegnung mit Madame Hańska, unternahm. Auf ihrem Schloss Wierzchownia hatte Balzac im Oktober 1847 mit der Niederschrift seiner Reiseerlebnisse begonnen, das Manuskript jedoch nicht fertiggestellt und offenbar aus den Augen verloren. Seine *Lettre sur Kiew* blieb Fragment, allerdings ein so umfangreiches (55 Seiten auf Velin-Papier der Marke *Jeziorna*) und thematisch weit ausgreifendes, dass der Maßstab des geplanten Textes deutlich wird: Balzac wollte seine Reiseerlebnisse mit einem Russlandbild aus erster Hand verquicken, durchaus in ideologischer Abgrenzung zu Astolphe de Custine, dessen umfangreicher Bericht *Russland im Jahre 1839* ein düsteres, despotisches »Reich der Furcht« zeichnete.[1] Schon in seiner Vorrede hatte de Custine erklärt: »Ich ging nach Russland, um Gründe gegen die repräsentative Regierung zu suchen, und komme als Anhänger der Constitutionen zurück.« Balzac hingegen fand sich durch die Realbegegnung mit russischen Verhältnissen, namentlich der Leibeigenschaft, in seiner monarchistisch-legitimistischen Haltung bestätigt. Im Gegensatz zu de Custine, der in der vertikalen, allein vom Zaren ausgehenden Befehlsstruktur eine Schwäche Russlands und ein Hemmnis für dessen Entwicklung sah, betrachtete der Romancier, wie er in seinem Reisebericht schreibt, den blinden Gehorsam der Russen als Unterpfand zukünftiger Macht und Größe ihres Landes.

Gedacht war die *Lettre sur Kiew* zur Veröffentlichung in der Zeitung *Le Journal des Débats* und verfasst in Form eines Briefs an deren Besitzer und Chefredakteur Armand Bertin.[2] So erklärt sich der über weite Strecken scharfe polemische Ton des Textes, ein Stil, der in der französischen Presse *en vogue* war und den auch Balzac in seinen Zeitungsbeiträgen leidenschaftlich pflegte.[3]

In Balzacs Werk hat die *Lettre sur Kiew* nicht ihresgleichen: Sie ist, wie er selbst zu Beginn erklärt, das einzige Stück Reiseliteratur, das er je geschrieben hat. Als exotisches Ziel mag die seinerzeit kaum bereiste Ukraine ihn zu diesem nie zuvor erprobten Genre animiert haben. Da der Schriftsteller in erster Linie mit einer privaten Agenda gen Osten reiste und nicht, um Land und Leute kennenzulernen, könnte sein

Beitrag für das *Journal des Débats* allerdings auch ein finanziell willkommenes literarisches Gelegenheitsgeschäft gewesen sein.

Seine *Lettre* blieb unpubliziert und erfuhr damit nicht die intensive Überarbeitung, die Balzac seinen Werken in den Druckfahnen angedeihen ließ. Dennoch zeigt sie den Autor auf der Höhe seiner Kunst: Mitreißend sind die pointierten, launigen Schilderungen seiner *tour de force* in nur acht Tagen von Paris in die Ukraine, die knappen dialogischen Einsprengsel, frappierend (bisweilen auch peinlich) die himmelschreiend subjektiven Urteile. Und wer hätte gedacht, dass Balzac, der die Pariser Topographie, die Bauweise und Interieurs reicher wie armer Häuser so kundig und detailverliebt beschrieb und keine Augen für die Natur zu haben schien, zur poetischen Schilderung einer Sternennacht in der Steppe fähig gewesen wäre!

Entdeckt wurde das Manuskript der *Lettre sur Kiew* erst 1854, vier Jahre nach Balzacs Tod, auf ebenjenem ukrainischen Schloss Wierzchownia, das sieben Jahre zuvor Ziel seiner strapaziösen Reise gewesen war. Man sandte es noch im selben Jahr nach Paris, zur einstigen Schlossherrin, die nun Balzacs Witwe war: Madame Éveline de Balzac, verwitwete Hańska, née Rzewuska. Ihr, der reichen polnischen Großgrundbesitzerin, hatten Balzacs Besuche in der Ukraine gegolten. Der erste währte fünf Monate, von September 1847 bis Januar 1848, der zweite ganze eineinhalb Jahre, von September 1848 bis April 1850. Seine beiden letzten Lebensjahre verbrachte der Romancier also überwiegend in der Ukraine – ein Kapitel seiner Biografie, das kaum jemand kennt.

Lettre sur Kiew erschien erstmals 1927, als Nr. 7 der *Cahiers balzaciens*. Nur wenige Werkausgaben druckten den Text nach.[4] So blieb, was Balzac als »la plus grande affaire de ma vie« bezeichnet hatte, im Bewusstsein seiner Leser nicht viel mehr als eine Randbemerkung: das geradezu obsessiv verfolgte Projekt, die polnische Gräfin Ewelina Hańska als seine Ehefrau heimzuführen.

Mit diesem Plan war der Schriftsteller in die Ukraine gereist und hatte die Erfüllung seiner Wünsche regelrecht ausgesessen, um schließlich am 14. März 1850, fast 18 Jahre nach dem Beginn ihrer Beziehung, mit seiner Angebeteten in der Pfarrkirche St. Barbara im ukrainischen Städtchen Berditschew vor den Traualtar zu treten. Da war Honoré de Balzac schon ein todkranker Mann und hatte nur noch fünf Monate zu leben.

Ewelina Hańska, verwöhnt und gewohnt, dass ihr Wille geschieht, hatte 1832 Balzacs Aufmerksamkeit förmlich erzwingen müssen, denn an Post von Verehrerinnen mangelte es dem Erfolgsautor nicht. Sobald er anbeißt, wird sie fordernd: Er soll ihr stets postwendend antworten und ausführliche Tagebuch-Episteln schreiben. Balzac, mit seinem Hang zum Grandiosen und wie kein anderer zur Selbstentflammung fähig, spricht in seinen Briefen an die Fremde bald von Liebe und prahlt in Gesellschaft mit seiner »russischen Fürstin«.

Man verabredet sich im September 1833 im schweizerischen Neuchâtel, wohin Madame Hańska ihren ahnungslosen Gatten dirigieren wird. Die erste Begegnung muss ein *coup de foudre* gewesen sein. In einem Brief an seine Schwester Laure schreibt Honoré de Balzac:

> Das Wesentliche ist, dass wir siebenundzwanzig Jahre alt, dass wir wunderbar schön sind und die prächtigsten schwarzen Haare der Welt, die zarteste, köstlich feine Haut der Brünetten, eine kleine Hand zum Verlieben, ein siebzehnjähriges Herz haben. Kurzum, sie ist naiv […] und vorsichtig bis zu einem solchen Grade, dass sie mir beinahe vor aller Augen um den Hals gefallen wäre. Ich sag Dir nichts von dem kolossalen Reichtum. Was ist das alles vor einem Meisterstück der Schönheit […]. Sie hat mich liebestrunken gemacht … Im Schatten einer großen Eiche haben wir den ersten flüchtigen Liebeskuss getauscht.[5]

Ewelina Hańska verspricht Balzac auf der Stelle Herz und Hand, er schwört, auf sie zu warten. Beiden gelingt es, Wacław Hańskis Wachsamkeit einzuschläfern: Für ihn wird der Schriftsteller die Rolle des prominenten Hausfreunds spielen. Schon Ende des Jahres sehen sich Honoré de Balzac und Gräfin Hańska in Genf wieder, wo sie am 26. Januar 1834 im Gasthof de l'Arc ihre erste gemeinsame Nacht verbringen. Als »unvergesslicher Tag« geht das Datum in ihre gemeinsamen Annalen ein.

Die nächste Begegnung kommt erst 1835 in Wien zustande und ist weniger glücklich: In den Kreisen des hier versammelten polnischen Hochadels macht der Schriftsteller mit dem rustikalen Äußeren und den wenig aristokratischen Manieren keine gute Figur. Er spricht zu viel und zu laut, zudem hat er sich unangenehm neureich ausstaffiert. Sein falscher Adel – de Balzac nennt sich der Sohn eines Bürgers und Enkel eines Bauern seit seinem Roman *La Peau de chagrin* 1831 (*Das Chagrinleder*) – wirkt in dieser Umgebung peinlich: Der Mann ist einfach nicht *comme il faut*. Man hätte vom hohen Ross herabsteigen müssen, um Balzacs Noblesse in seinem Genie zu erkennen. Aber so frei und generös ist man nicht: Gräfin Hańska fürchtet um ihre gesellschaftliche Stellung und ihren Ruf. In Wien verweigert sie Balzac jede Nähe, hält ihn jedoch an der langen Leine: Zum Abschied versieht sie ihn mit ihrem Porträt *en miniature* von der Hand des berühmten Moritz Daffinger.

Bis Honoré de Balzac und Ewelina Hańska einander wiedersehen, werden acht Jahre vergehen. Eine Zeit, während der beide den Faden ihrer Beziehung nie ganz abreißen lassen. Für Madame Hańska ist der berühmte Schriftsteller eine Trophäe, auf die sie stolz ist. Seine Liebesschwüre, auch wenn sie mit der Zeit etwas matt und routiniert klingen, schmeicheln ihrer Eitelkeit. Der geheime Briefwechsel bietet Abwechslung im gutsherrlichen Einerlei an der Seite ihres inzwischen hinfälligen Ehemanns. Natürlich erfährt die Korrespondentin in der fernen Ukraine von Balzacs Verhältnissen zu anderen Frauen – die polnische Kolonie in Paris berichtet getreulich.

Ewelina Hańska, die »épouse d'amour«, reagiert mit Eifersucht und Vorwürfen. Balzac beschwichtigt, wiegelt ab, »le bengali«, ihr gemeinsames Codewort für seine Manneskraft, sei »brav«. Meistens jedenfalls, schließlich sei er ein Mann und keine Frau: Enthaltsamkeit führe bekanntlich zu »Impotenz und Verblödung«. Aber natürlich sei sie seine einzige, seine wahre große Liebe. In den Briefen an die Gräfin ist er »unaufrichtig bis zum Exzess«, wie Stefan Zweig befand. Doch sobald das Geplänkel zu kleinlich, der Ton zu gereizt und der Abstand zwischen den Briefen zu groß wird, fachen beide die Kunstglut ihrer unmöglichen Verbindung aufs Neue an.

Ewelina Hańskas Briefe gibt es nicht mehr. Balzac verbrannte sie 1847, nachdem seine Haushälterin und Mätresse einige entwendet und mit Erpressung gedroht hatte.[6] Wären ihre Briefe erhalten, ergäben sie vielleicht ein genaueres Bild der polnischen Gräfin. So fällt es schwer, das durchweg negative, ja verächtliche Urteil der Balzac-Biographen zu überprüfen, die ihr »Standesdünkel« und »erschreckende Dummheit« (Johannes Willms), »Berechnung« und »Kleinlichkeit« (Stefan Zweig) attestieren. Balzacs Briefe erlauben jedoch Rückschlüsse auf Inhalt und Häufigkeit der Post aus der Ukraine. Obwohl die Gräfin müßig war und sich sorglos ihrem luxuriösen Lebensstil hingeben konnte, scheint sie weit seltener geschrieben zu haben, als sie es von ihrem fernen, wie ein Berserker gegen seine Schulden anschreibenden Liebhaber verlangte.

Die Temperatur der Beziehung – und mit ihr die Schlagzahl der Briefe – steigt dramatisch, als Balzac im Januar 1842 von Wacław Hańskis Tod erfährt. Er sendet eine ganze Kavalkade unverhohlen drängender Briefe in die Ukraine. Madame Hańska antwortet kühl, er möge sich als »frei« betrachten: Sie annulliert das Gelöbnis von Neuchâtel. Doch Balzac, der sich später einmal bescheinigt, nie werde es »ein widerstandsfähigeres Herz« als das seine geben, gibt sich nicht geschlagen:

> Ich werde Russe[7], falls Sie glauben, dass es möglich ist, und ich will mir vom Zaren selbst die Erlaubnis zur Heirat erbitten. [...] Ich werde in den ersten vierzehn Tagen meines Besuchs im nächsten Winter, wenn noch alles voll Enthusiasmus für mich ist, allerlei erreichen können. [...] Seit zwei Jahren gehe ich mit dem Gedanken um, in St. Petersburg literarisch zu wirken, ein Theater zu gründen und von dort aus eine Revue über die in Europa erscheinenden Werke herauszugeben. [...] Sagen Sie mir, was Sie davon halten. Meine erste Reise sollte dem Studium von Land und Leuten gelten, und nur mein Mangel an Sprachkenntnis hielt mich davon ab.[8]

Was ihn tatsächlich zurückhält, ist die fehlende Einladung der Gräfin. Noch mehrfach wird er anbieten, Russe zu werden. Er droht sogar, zu ihrem »erlauchten Kaiser« nach Petersburg zu gehen und ihm zu sagen: »Hier haben Sie einen Russen mehr – mais je veux ma mie!«[9]

Erst im Sommer 1843 darf Balzac nach Petersburg kommen, wo Madame Hańska sich zur Regelung von Erbschaftsangelegenheiten aufhält und in einer Straße mit dem sprechenden Namen Bolschaja Millionnaja residiert. Balzacs Traum, in der russischen Metropole gesellschaftlich zu reüssieren, erfüllt sich nicht: Die Stadt ist leer, von Juni bis September weilt die Aristokratie auf ihren Landsitzen. Eine Erfahrung, die den Schriftsteller so nachhaltig beschäftigt, dass er sie fünf Jahre später in der *Lettre sur Kiew* erwähnt. Doch er kommt seinem Ziel ein Stück näher, er erreicht, was sein Biograf Johannes Willms sarkastisch als »Moratorium« bezeichnet: Die Gräfin verspricht ihm die Ehe, sobald ihre Tochter Anna, die als einziges ihrer fünf Kinder das Säuglings- und Kleinkindalter überlebt hat, verheiratet ist. Diesmal versehen mit einem Verlobungsring sowie einer geräucherten Zunge für die Reise tritt Balzac den Rückweg an.

Der selbstverständliche Reichtum der Gräfin macht Eindruck auf den in permanenter Geldnot mit Schuldscheinen und Prozessen beschäftigten und von seinen Gläubigern gehetzten Autor. Seine allnächtlichen Arbeitsexzesse (über zehn Romane in einem Jahr), nur durchgehalten mit »Strömen von Kaffee«, schließlich »mit einem Kopf voll Opium«, seine bedrohlichen gesundheitlichen Krisen (»Mein Kopf steht in Flammen!«) sind der *cantus firmus* der Briefe dieser Jahre. Immer immenser das Arbeitspensum, immer höher die Schulden, immer elender sein Zustand! Die Schreckensmeldungen sind ein unmissverständlicher Appell an seine »chère comtesse bien aimée«, sie möge ihn durch ihr Jawort erretten. Balzac zieht alle Register. Er werde sterben, schreibt er, wenn er so weitermachen müsse. Wie ein Kind will er sich gar an ihrer »mütterlichen Brust bergen«.

Der Großschriftsteller ist angeschlagen, bisweilen flieht ihn sogar die Inspiration. Er lernt den Horror einer Nacht vor einem weißen Blatt Papier kennen, seinen kapitalen Roman *Les Paysans* (*Die Bauern*) wird er nicht mehr abschließen. Den längst im Orkus seiner Schulden verschwundenen Vorschuss muss er zurückzahlen.

Nachdem er vier Fünftel seiner auf 137 Romane projektierten *Comédie humaine* geschrieben hat, möchte der Titan ausruhen und endlich ohne materiellen Druck leben. In der Ehe mit der reichen Gräfin Hańska sieht er sein Heil, seine einzige Rettung. So frenetisch und megaloman, wie Balzac geschrieben hat, geht er jetzt daran, den »Roman seines Lebens« (Stefan Zweig) zu Ende zu bringen.

Einen Vorgeschmack auf sorgenfreien Luxus, auf Zerstreuung und Genuss bieten die Reisen, zu denen Madame Hańska den Schriftsteller in den Jahren 1845 und 1846 einlädt. Oft sind Tochter Anna und ihr Verlobter mit von der Partie. Das Unterwegssein ist ein »ambulanter Kokon« (Johannes Willms), der die beiden Paare vor dem Klatsch der Gesellschaft schützt. Man besucht Dresden, Karlsruhe, Straßburg, bereist Belgien, Holland, Italien. Die Reisegesellschaft gibt sich übermütig den Namen *Les Saltimbanques*

(*Die Gaukler*), nach einem französischen Varieté. Balzac spielt die Rolle des *Bilboquet*, des Spaßmachers. Für Johannes Willms spricht vieles dafür, »dass die Jahre 1843 bis 1846 die glücklichsten waren, die Balzac mit der Hańska erlebte«.

Wie viel Berechnung in Balzacs Liebesbeteuerungen steckt, wie viel Hoffnung auf die Lösung seiner finanziellen Misere und den Aufstieg in die höchsten Kreise des europäischen Adels – man weiß es nicht. Sicher weiß man, dass Madame Hańska ihn sehr lange nicht erhört. Auch nicht, nachdem ihre Tochter 1846 in Wiesbaden den polnischen Großgrundbesitzer Georges (Jerzy) Mniszech heiratete. Balzac war als Trauzeuge geladen und hatte erwartungsvoll alle Unterlagen für seine eigene Trauung dabei – vergebens.

Der Gedemütigte macht seinem widerständigen Herzen alle Ehre: Aus der Erholung und der Unbeschwertheit der Reisen heraus entstehen noch einmal zwei Romane, 1846 *»La Cousine Bette«* (*Tante Lisbeth*) und 1846/47 *Le Cousin Pons* (*Vetter Pons*), die Stefan Zweig für die »größte Leistung« des Schriftstellers hielt: »Großartiger hat kaum je ein Künstler Abschied von seiner Kunst genommen als Balzac in diesen Spätwerken.«

Sein Ziel verliert der Schriftsteller nicht aus den Augen. Ende 1844 schreibt er an Madame Hańska: »Wir werden im Jahr 1846 eines der entzückendsten Häuser von Paris haben – und ich werde keinen Pfennig mehr schulden.« Er sei »eine

Partie von einer Million und mehr, falls ich nicht sterbe. Wenn ich, wie Sie sagen, keine arme Frau heirate, so heiraten Sie ebenfalls keinen armen Mann.«[10]

1846 ersteht Balzac in der Rue Fortunée tatsächlich ein Haus. Gräfin Hańska gibt ihm das Geld für den Kauf, doch er investiert die zärtlich »trésor louploup« genannte Summe in Aktien des *Chemin de fer du Nord.* Die erhofften und fest verplanten Gewinne bleiben aus. Wie in allen seinen geschäftlichen Unternehmungen zäumt Balzac das Pferd von hinten auf und macht die Rechnung ohne den Wirt. Schon zwei Jahre vor dem Hauskauf hatte er an Ewelina Hańska geschrieben:

> Mein Traum wäre, dass mein Idol bei der Heimkehr von der Reise in ein ganz fertiges Allerheiligstes einziehen kann! Ich sammle Möbel, wie der Vogel Halme für sein Nest! Zanke mich nicht, lass mir diese kleine Freude, diese Vorspiegelungen, die mich über das Warten hinwegtäuschen![11]

Seine gewaltige Imaginationskraft ist sein Schaffenskapital in der Literatur, im realen Leben sind die »Vorspiegelungen« verheerend: Mit naivem Überschwang stürzt sich Balzac auf dieses »Nest« und seine Einrichtung, bevor es überhaupt erworben, geschweige denn die Ehe unter Dach und Fach ist. Er kauft wie ein Besessener, nicht nur Möbel, auch Teppiche, Meißner Vasen, Leuchter, Uhren, Gemälde, darunter einen Holbein für nur 350 Francs: »Paris ist direkt gepflastert mit solchen Gelegenheiten.« Er versteht nicht viel von Kunst und Antiquitäten. Die Händler betrügen ihn nach Strich und Faden. Schulden häufen sich auf Schulden.

1847 darf der Mann mit dem widerständigen Herzen endlich in die Ukraine kommen. Madame Hańskas Landsitz Wierzchownia ist von Anfang an Gegenstand seiner Träume gewesen. Schon 1834 hatte er den Namen in seinem Roman *La Recherche de l'Absolu* (*Der Alchimist*) verewigt: Adam de Wierzchownia heißt der polnische Offizier, der den Helden auf den Geschmack an der Alchimie bringt, »mit warmer Stimme und einem Nachdruck in den Gesten, die mir mein Inneres umkehrten und auf meinen Verstand einschlugen, wie ein Hammer auf den Amboss«. Von Adam ist es nicht weit zu Eva. Mit Sicherheit wusste die Gräfin die Anspielung zu lesen.[12]

Zahllose Male hatte Balzac mit dem Zaunpfahl gewinkt: »Anfang des Herbstes [...] wird ein Pilger an Ihrem Schlosstor anläuten und einige Tage Gastfreundschaft erbitten.«[13] Er könne schließlich auch auf der Reise schreiben, ein Theaterstück allemal, »das erfordert weder anhaltende Arbeit noch Bücher noch ein Schreibzimmer. [...] Wenn ich nur einigermaßen bei Geld bin, so gehe ich meiner Nase nach bis mir ein *mushik* auf meine Frage: ›Was ist das für ein schönes Schloss?‹ zur Antwort gibt ›Wierzchownia‹.«[14] Die naiv-dreisten Ankündigungen ihres Liebhabers müssen die damals noch verheiratete Schlossherrin in Angst und Schrecken versetzt haben.

Am 13. September 1847, nach nur achttägiger Reise, überwiegend mit dem Zug, ab Gleiwitz mit Postpferden und Lohnkutschern, fährt Honoré de Balzac endlich in Wierzchownia vor. Es ist eine *tour de force* gewesen, die unter dem Diktat der Eile stand, als habe der Reisende einer möglichen Absage seiner Visite zuvorkommen wollen. Tatsächlich ist er zehn Tage vor dem Brief da, der seine Ankunft ankündigen sollte. Die Einzelheiten der Fahrt wird Balzac einen Monat später in seiner *Lettre sur Kiew* schildern. Mit der Ankunft vor dem Schloss bricht der Bericht ab, wobei der Autor im letzten Satz gleich zwei Vergleiche für das Anwesen bemüht, die er auch schon früher verwendet hatte: Wierzchownia, »eine Art Louvre« und das »Gelobte Land«:[15] Überhöhung und Heilserwartung! Als Madame Hańska ihm 1840 eine Lithografie von Wierzchownia nach Paris schickte, hatte Balzac ihr geschrieben:

> Endlich [...] konnte ich die Landschaft von Wierzchownia abholen. Ich habe die aus nordischem Holz gemachte Kiste selbst nach Hause gebracht, und beim Zerbrechen strömte das Holz einen so wundervollen Geruch aus, dass ich eine Art Heimweh bekam. Wenn Sie mit solchem Holz einheizen, so muss es eine Wollust, ja mehr wie ein Vergnügen sein zu schüren. [...] Aber Liebste der Lieben, diese Leinwand ist ja immens! Wir haben keine so großen Flächen in den Löchern, die man in Paris Wohnungen heißt. [...] Sie haben mir ja gar nicht gesagt, dass Sie einen großen Fluss

vor ihrem Rasenplatz, noch dass Sie einen Louvre haben. Die Gebäulichkeiten[16] sind elegant und wir haben es hier nicht schöner. Was für eine Melancholie liegt im Hintergrund! Man errät förmlich die Steppen, diese Landschaft ohne irgendeine Erhöhung![17]

In Briefen an seine Schwester Laure Surville, mit der ihn eine innige, vertrauensvolle Beziehung verband, schilderte Balzac, was er in den Monaten nach seiner Ankunft im »Gelobten Land« erlebte, und schrieb so gewissermaßen seinen abgebrochenen Reisebericht fort (siehe Balzacs Briefe an Laure Surville in diesem Band, S. 73, 88, 94). Angesichts der Farbigkeit, bisweilen auch Drastik der Schilderungen in seinen Episteln bedauert man wie sein Biograph Johannes Willms, dass es mit Ausnahme der *Lettre sur Kiew* keine Reiseberichte aus Balzacs Feder gibt.

Kaum in der Ukraine angekommen und entzückt von Reichtum und Fruchtbarkeit des Landes, entwickelt der Gast gleich in seinem ersten Brief nach Hause den Plan zu einem tollen Geschäft, an dem sich sein Schwager Eugène Surville beteiligen soll: Balzac will einen Eichenwald der Grafen Mniszech abholzen, die Stämme nach Frankreich exportieren und als Bauholz beziehungsweise Eisenbahnschwellen verkaufen. Den Gewinn beziffert er auf 1,2 Millionen Francs. Nach anderer Berechnung könnten es allerdings auch nur 420 000 sein – Balzacs Summen haben immer etwas Volatiles. Selbstverständlich wissen die Grafen noch nichts von ihrem Glück.

Das Unternehmen scheitert schließlich an der Einsicht in unüberwindliche Transportprobleme.

Es war nicht das erste Mal, dass Balzacs phantastischer und unermüdlicher Geist eine Geschäftsidee hervorbrachte: Schon 1826 hatte er sich als Druckereibesitzer und Verleger versucht. 1837 erwarb er den Landsitz Les Jardies bei Paris und kam auf die Idee, dort eine Ananasplantage anzulegen. 1838 spekulierte er auf einen Gewinn aus stillgelegten Silberminen auf Sardinien. Alle Projekte scheiterten so grandios, wie sie gedacht waren. Beim Notverkauf von Les Jardies erzielte Balzac nur ein Zehntel dessen, was das Abenteuer verschlungen hatte.

Dabei hatte der Schriftsteller durchaus eine Nase fürs Geschäft: Ein anderer Unternehmer beutete schließlich die sardischen Silberminen aus und machte damit ein Vermögen. Schon früh erkannte Balzac, dass die polnischen Großgrundbesitzer in der Ukraine sich zu sorglos auf ihrem Besitz ausruhten, anstatt die Verarbeitung und Vermarktung ihrer Agrarprodukte selbst in die Hand zu nehmen. Der verpasste Übergang zum modernen Unternehmertum war tatsächlich einer der Gründe für den Niedergang der polnischen Güter. Als »tätigen Mann«, der eine solche Umgestaltung ins Werk setzen könne, hatte Balzac sich Madame Hańska 1844 empfohlen,[18] nachdem er ihr ein paar Monate zuvor geschrieben hatte: »Ich werde Sie mit meinem Rat nicht im Stich lassen, denn schreiben Sie es sich hinter die Ohren, dass ich ein ausgezeichneter Ratgeber für andere bin.«[19]

Aus nachvollziehbaren Gründen verzichtete die Gräfin darauf, Balzac mit der Verwaltung ihrer Güter und Gelder zu betrauen. Dass der Schriftsteller womöglich sogar »ein guter Ratgeber für andere« gewesen wäre, bezeugen seine Romanhelden, etwa der alte Grandet (*Eugénie Grandet*), der es mit detailliert beschriebenen geschäftlichen Coups vom Küfer zum Multimillionär bringt. Auch bei der Konsolidierung zerrütteter Vermögensverhältnisse agieren seine literarischen Geschöpfe klüger, als Balzac es in eigener Sache vermochte. Man denke nur an die Tochter des Alchimisten Balthasar Claes: Klug und mit fester Hand erwirbt sie den Familienbesitz zurück, den ihr Vater mit seiner Experimentiersucht verschleudert hat. »Balzac hätte bei sich selber in die Lehre des Lebens gehen können.« (Johannes Willms)

Während der fünf Monate seines ersten Ukraine-Aufenthalts findet Balzac Zeit zum Schreiben. Unter anderem vollendet er den Kurzroman *L'Initié* (*Der Aufgenommene*). Das Manuskript dieses letzten abgeschlossenen Teils der *Comédie humaine* trägt die Aufschrift: »Wierzchownia, Ukraine, Dezember 1847« – und tatsächlich haben Schloss und Land ihre Spuren in der Romanhandlung mit dem Pariser Schauplatz hinterlassen. Man könnte *L'Initié* sogar als literarischen Bruder der *Lettre sur Kiew* bezeichnen: Drei eng miteinander verflochtene thematische Linien – die Polen, die Juden, die Medizin – verbinden das fiktionale Werk mit dem Reisebericht und den auf Schloss Wierzchownia verfassten Briefen.[20] Zunächst einmal ist die schöne junge Wanda, seit vielen Jahren von einer rätselhaften Krankheit ans Bett gefesselt, die einzige Polin, die in Balzacs Prosa vorkommt. Der alte jüdische Arzt Halperson, ein Emigrant aus Polen, der sie schließlich erfolgreich behandelt, ist namentlich dem jüdischen Bankier Halpérine aus Berditschew verwandt, den Balzac in der *Lettre sur Kiew* erwähnt.

Bei der ersten Begegnung mit der Patientin betastet der Arzt sorgfältig ihre Kopfhaut, um schließlich eine *Plica polonica* zu diagnostizieren, auf Deutsch *Weichselzopf* – ein Leiden, das Balzac durch den auf Wierzchownia praktizierenden deutschen Doktor Adolph Knothe kennengelernt haben muss. Knothe und sein Kollege Joseph Frank hatten Arbeiten über die *Plica polonica* veröffentlicht, ein nässendes Ekzem der Kopfhaut, das vor allem in den Niederungen von Memel und Weichsel beobachtet wurde und zu einem verfilzten Haarschopf führte.[21]

Moses Halperson stellt die Diagnose erst, nachdem er Wandas Herkunft in Erfahrung gebracht hat: Für ihn ist die *Plica* eine spezifisch polnische Krankheit, eine Art polnisches Nationalleiden. Doktor Halperson behandelt mit homöopathischen Methoden, indem er »Gleiches mit Gleichem« kuriert: Er verabreicht Wanda ein Medikament, das »ihr die *Plica* geben soll, und ehe diese furchtbare Krankheit nicht aus ihr heraus ist«, darf nicht einmal ihr Vater die junge Frau besuchen. Auch wenn Dr. Knothe auf Wierzchownia kein erklärter Homöopath war, so bescheinigt Balzac ihm doch ein tiefes

Wissen um die Heilkräfte der Natur: Knothe pulverisiere verschiedenste Substanzen, deren Zusammensetzung er streng geheim halte und nicht einmal seinem Sohn, der ebenfalls Arzt ist, verrate. Minutiös lege er die Anwendung seiner Pulver fest und beobachte ihre Wirkung, um Dosis und Zusammensetzung immer wieder der Reaktion des Patienten anzupassen. So mögen Dr. Knothes Methoden Balzacs summarisches Loblied auf die Medizin des Ostens in *L'Initié* inspiriert haben, bevor der Autor bei seinem zweiten Ukraine-Besuch selbst in den zweifelhaften Genuss dieser Naturmedizin kam:

> In Europa ist unbekannt, dass die slawischen Völker viele Geheimmittel besitzen. Sie verfügen über eine ganze Sammlung höchst wirksamer Medikamente, Früchte ihrer Beziehungen zu den Chinesen, den Persern, den Kosaken, den Türken und Tataren. Gewisse als Hexen geltende Bauersfrauen heilen in Polen mit Kräuteraufgüssen verlässlich die Tollwut. Es gibt in jenem Lande eine Sammlung nicht schriftlich festgelegter Beobachtungen über die Wirkung bestimmter Pflanzen und einiger zu Pulver zerstampfter Baumrinden, die von Generation zu Generation überliefert werden. Es werden damit an Wunder grenzende Heilungen vollbracht.[22]

In der literarischen Figur des Arztes Halperson bündelte Balzac ein Standardsortiment antisemitischer Ressentiments, für die er auf der Reise in die Ukraine offenbar neue Nahrung gefunden hatte: Die Ostjuden, die er in Galizien und der Ukraine erstmals zu Gesicht bekam – es handelte sich vermutlich um Chassidim in ihrer altertümlichen Kleidung –, schildert er in der *Lettre sur Kiew* als Exoten, die nicht bereit seien, sich ihren Wirtsvölkern anzupassen. Er beschuldigt sie zudem der Unsauberkeit und nennt sie »Nagewürmer« – auch das ein antisemitisches Stereotyp, in dem der gängige Vorwurf der Zersetzung steckt. Zugleich aber seien die Ostjuden genauso »habgierig« wie ihre assimilierten Brüder in Frankreich, etwa die Rothschilds, in deren Salon er dennoch verkehrte und die ihn mehr als einmal aus finanziellen Kalamitäten befreiten. Auch dem geheimnisvollen Dr. Halperson attestiert er diese Habgier, verleiht ihm aber zugleich fachliche Unfehlbarkeit: Balzac schwankt in vielen seiner literarischen Werke ebenso wie in der *Lettre sur Kiew* zwischen bösartig vorgetragenem Antisemitismus und neidvoller Anerkennung jüdischen Erfolgs.[23] Hier wie dort sind seine Tiraden eine peinigende, beschämende Lektüre.

Ende Januar 1848 tritt Balzac ohne Madame Hańska und »sehr traurig« die Rückreise nach Paris an – eine dringende Nachzahlung für die unglückseligen Aktien des *Chemin de fer du Nord* ist zu leisten. Fünf Tage nach seiner Ankunft bricht die Februarrevolution aus und fegt die Herrschaft des Bürgerkönigs Louis-Philippe hinweg. Balzac, der überzeugte Monarchist und Legitimist, hatte ihn zwar stets nur mit Spott bedacht, doch das nun herrschende Chaos gefällt ihm noch weniger. Die erhofften Einnahmen aus seinem Theaterstück *Mercadet* und dem auf Wierzchownia entstandenen Familiendrama *La Marâtre* (*Die Stiefmutter*) bleiben aus. Seine persönliche Schuldenlast drückt schwer. Den Roman *L'Initié*, auf dessen Absatz er so große Hoffnungen gesetzt hat, muss er für einen Spottpreis an das *Musée des Familles* abtreten, um wenigstens nicht zu hungern. Was liegt da näher, als sich wieder gen Russland zu wenden, »auf der Suche nach Frieden und Ruhe«, wie er am 22. August 1848 seinen alten Bekannten, den russischen Zolldirektor Hackel, wissen lässt.

Für diese neuerliche Reise ist eine Sondergenehmigung nötig. Zar Nikolaus I. wünscht keinen Import der Revolution und hat französischen Staatsbürgern im Frühjahr 1848 die Einreise nach Russland untersagt. Balzac wendet sich um Fürsprache an den Grafen Uwarow, den russischen Minister für Volksbildung.[24] Am 14. Juli 1848 schreibt er ihm:

> Heute will ich mehr denn je wieder in die Ukraine reisen, [...] um den Unruhen in Paris zu entfliehen, wo sich der Buchhandel womöglich erst in drei Jahren wieder erholt haben wird, wo die mit Ereignissen und Kontroversen vollgepfropften Zeitungen keine Fortsetzungsabdrucke mehr annehmen und wo die Theater erst dann wieder Zuschauer sehen werden, wenn wir wieder eine stabile Regierung haben. [...] Meine Herzensangelegenheiten in der Ukraine lassen sie mir zu einer zweiten Heimat werden, und Sie dürfen

> nicht an der gewissenhaften Sorgfalt zweifeln, mit der ein ausschließlich für monarchistische Ansichten kämpfender Schriftsteller den Gesetzen Ihres Landes Folge leistet.[25]

Balzac scheint nicht zu stören, dass der Zar schon früh einige seiner Romane verboten hat, etwa 1835 *Le Père Goriot* (*Vater Goriot*). Im Übrigen findet auch die etwas gerupfte *Comédie humaine* in Russland reißenden Absatz. Nikolaus I. erlaubt dem prominenten Schriftsteller die Einreise, allerdings nur unter »strenger Aufsicht«, wie er seinem Gendarmerie-Minister, dem Grafen Orlow, mitteilt. Die zaristischen Dokumente, aus denen Balzacs Überwachung hervorgeht, kamen erst 1923, in sowjetischer Zeit, durch eine Veröffentlichung der Historiker-Zeitschrift *Rotes Archiv* ans Licht.

Am 2. Oktober 1848 trifft Honoré de Balzac in Wierzchownia ein, »um abermals – zum wievielten Male nun! – den Versuch zu machen, die spröde Geliebte an den Altar zu schleppen«. (Stefan Zweig) Vor der Abreise im September hat er seiner Mutter eine Generalvollmacht für seine Angelegenheiten erteilt, beigefügt waren *Notes pour mes affaires*, die W.S. Hastings 1950 erstmals veröffentlichte[26] und daraus eine Liste von Balzacs Gläubigern extrahierte: 37 Handwerker und Geschäftsleute, Schneider, Tischler, Vergolder, Antiquitätenhändler, Inhaber von Lampen- und Porzellanläden, um nur einige zu nennen. Seine Schulden hindern Balzac nicht an immer neuen *commissions* zur Einrichtung des »Nests« in der Rue Fortunée: Polsterstoffe und Portieren, Konsolen mit goldgeprägtem Leder, Blumentische mit Perlmutt-Intarsien, weißer Damast, roter Damast, goldfarbener Damast – eine schwüle Ausstattungsorgie, die Stefan Zweig an den »Tapezierergeschmack Richard Wagners« erinnerte.

Die zahllosen Briefe, die Balzac in den kommenden eineinhalb Jahren an seine siebzigjährige Mutter schreibt (»parlons affaires«), enthalten Hunderte akribisch notierter Anfertigungs- und Dekorationswünsche, aber mindestens ebenso viele komplizierte Anweisungen, bei wem sie Geld eintreiben, wen sie vertrösten oder gar täuschen soll, indem sie unter ihrem Mädchennamen Sallambier agiert. Schwindelerregend und immer hektischer jongliert Balzac mit Summen, mit Wechseln und Tratten. Zahlenkolonnen, irrwitzige Berechnungen zieren seine Briefe.

Selbst ein gewiefter Buchhalter wäre nicht imstande, das »Labyrinth Balzacscher Finanzgebahrungen« (Stefan Zweig) zu durchdringen. Kein Wunder, dass die alte Madame Balzac nicht alle Machinationen ihres Sohnes versteht. Dafür wird sie aus der ukrainischen Ferne gescholten und bezichtigt, sie hintertreibe den Ehebund mit der Gräfin. Die Briefe, in denen der Schriftsteller seine Mutter behandelt wie einen Laufburschen, liest man mit Befremden.

Zu Beginn seines zweiten Aufenthalts beschwört Balzac Russland noch einmal als Land der unbegrenzten Möglichkeiten: Bei seinem Verleger Hippolyte Souverain bestellt er im Dezember 1848 die vier Bände des *Dictionnaire universel du commerce, de la banque, des manufactures et des marchandises* sowie den zehnbändigen *Dictionnaire de l'industrie manufacturière, commercial et agricole.* Balzac nimmt es als gegeben hin, dass der russische Zoll alle Druckerzeugnisse aus dem Ausland plombieren und nach Kiew zur Zensurbehörde schicken muss. In Bezug auf Russland schreibt er Souverain mit gleicher Post:

> Im Übrigen ist kein Land der Welt hinsichtlich seiner Ruhe mit diesem hier vergleichbar, und allein seine Macht kann sich mit seiner Sicherheit messen. Ich befürchte stark, dass unser armes Land noch lange nicht an diesen herrlichen Wohlstand heranreichen kann. Russland ist das reichste Land der Welt und insbesondere der Handel ist hier immens.[27]

Noch im Februar 1849 lässt er seinen Schwager Eugène Surville wissen: »Hier lassen sich vortreffliche Geschäfte machen. Russland [...] besitzt für sämtliche Erzeugnisse die entscheidenden Rohstoffe.«[28]

Im April 1849 beginnt, was der sowjetische Forscher Leonid Grossman[29] Balzacs »langsames Sterben« genannt hat: Der Schriftsteller erleidet eine schwere Herzattacke, selbst Tätigkeiten wie das Kämmen verursachen ihm Atemnot und Herzrasen. Die zwanzig Stufen zu seinen Zimmern im ersten Stock des Schlosses sind zu viel für ihn. Zweimal droht er zu ersticken. Dr. Knothe stellt eine »einfache Hypertrophie des Herzens« fest, »um mich nicht zu erschrecken«, wie Balzac am 21. Juni 1849 an seine Schwester schreibt.[30] Es entgeht ihm nicht, dass Knothes Sohn, der ebenfalls auf Wierzchownia praktiziert, ihn für todgeweiht hält.

Zum ersten Mal beklagt er sich über das »asiatische Klima«:

> Es ist grauenhaft, ich leide täglich an Migräne und schlafe mit permanenten Kopfschmerzen. Ob Hitze oder Kälte, alles ist hier exzessiv. Aus Asien wehen Winde, die von ganz anderen Grundstoffen erfüllt sind als die der europäischen Atmosphäre.[31]

Im Mai berichtet er seiner Mutter:

> … es ist mir unmöglich, die geringste Bewegung zu machen. Manchmal bin ich wie ein Paket, und es gab Krisen, bei denen ich fast erstickt wäre, bevor ich weißen Schaum, vermischt mit Blut aus der linken Lunge, spuckte […] Das Herz ist unverhältnismäßig beengt; die Wände haben sich verdickt.[32]

Im Juni neuerliche Krise: Erbrechen, rasende Kopfschmerzen bei der kleinsten Bewegung, sein Kopf wiegt »Millionen Kilogramm«. Dr. Knothe weicht nicht von seiner Seite. Er diagnostiziert »une fièvre gastrique« und behandelt Balzac erfolgreich. Der Patient ist begeistert: »Das ist ein hochbedeutender Arzt, ganz und gar *neuartig.*« Die französischen Ärzte seien zwar gute Diagnostiker, was jedoch die Kenntnis der Heilmittel betrifft, könnten sie Knothe nicht das Wasser reichen.

In Frankreich wäre er gewiss gestorben. »Obgleich von einem ukrainischen Arzt ausgebessert, ist das Herz noch immer dasselbe«, scherzt er in einem Brief an seine Schwester.[33]

Mitte September stellt der Arzt ein »intermittierendes cephalgisches Fieber« fest.[34] Eine geplante Reise nach Moskau muss abgesagt werden. Balzac magert ab. Erst im November kann die eigentliche Behandlung seines Herzleidens wieder aufgenommen werden. Seiner Schwester schreibt er, wenn es ihm möglich gewesen wäre, Knothes »cure radicale«[35] zu befolgen, wäre er schon geheilt. Aber den verordneten rohen Sauerkohl, »cette choucroute polonaise«, habe er nun einmal nicht auf nüchternen Magen hinuntergebracht. Und die Zitrone jeden zweiten Tag habe solche »Turbulenzen« verursacht, dass sie abgesetzt werden musste. Von Dr. Knothes eigenwilligen Methoden zeugt die Behandlung von Gräfin Hańskas geschwollenen Füßen, die Balzac im selben Brief beschreibt:

> Jeden zweiten Tag taucht sie ihre Füße in ein Milchferkel, das geöffnet wird, weil die Füße in die zuckenden Eingeweide eindringen müssen. Ich brauche dir nicht zu sagen, wie gellend das Schweinchen quiekt, das die ihm erwiesene Ehre nicht begreift und sich ihr gern entziehen würde. Mit schweinerner Unterstützung, mit Unmengen an Pillen [...] und höllischen Mixturen hat man fantastische Ergebnisse erzielt.

1849 ist ein Jahr nicht nur gesundheitlicher Katastrophen: Auf Wierzchownia und den zum Besitz gehörenden Gutshöfen ereignen sich verheerende Brände. Ein Wirbelsturm, Balzac nennt ihn, den russischen Begriff benutzend, »ouragan des steppes«[36], vernichtet große Teile der Ernte. Auf den Weizenfeldern der gesamten Ukraine hat sich zudem ein aggressives Unkraut ausgebreitet, das die Erträge empfindlich schmälert. Die Familien Hański und Mniszech sind in kostspielige Erbschaftsprozesse verstrickt. Madame Hańska hat bereits die Ernte von 1850 beleihen müssen. Seinem Schwager setzt Balzac, ganz Fachmann, die Probleme der *polnischen Wirtschaft* auseinander:

> Diese großen Vermögen [...] bedürfen zu ihrer Konsolidierung der äußersten Vorsicht; sie schweben über einem Abgrund, solange sie nicht ein stets verfügbares *Kapital* in Höhe eines fünfjährigen Einkommens haben; das ist unser *Betriebskapital*; und da die Polen sehr verschwenderisch sind, gibt es keine drei Vermögen, die mit einem solchen Betriebskapital ausgestattet sind.[37]

Es bleibt dem Freier aus Frankreich nicht verborgen, dass sein eigenes Schuldenmanagement Ewelina Hańskas Gefühle für ihn merklich heruntergekühlt hat. Als werbe er bei seiner Familie um Verständnis für das Zögern seiner Angebeteten, ihn zu heiraten, schreibt er seiner Schwester im März 1849: »Hier ist sie reich, geliebt und geachtet, hier gibt sie kein Geld aus; sie zögert, an einen Ort zu ziehen, wo sie nur Misshelligkeiten, Schulden, Ausgaben und neue Gesichter sieht.«[38]

Balzac mahnt Mutter und Schwester in seinen Briefen zur Vorsicht, das kleinste falsche Wort ihrerseits – und seine »affaire principale« sei gescheitert. Er selbst müsse »wie auf Eiern gehen«. Seiner Schwester führt er vor Augen,

> dass es sich mit der Ehe verhält wie mit der Sahne, die durch die kleinste Nichtigkeit, eine veränderte Atmosphäre, einen Geruch gerinnt; dass schlechte Ehen spielerisch bewerkstelligt werden, dass gute hingegen unendliche Vorsichtsmaßnahmen und äußerste Aufmerksamkeit verlangen oder eben scheitern, und dass ich drauf und dran bin, Junggeselle zu bleiben.[39]

Den Traum, Großgrundbesitzer in der Ukraine zu werden, hatte Balzac schon früher begraben müssen. Einem Zarenerlass von 1834 zufolge durfte eine Frau, die einen Ausländer heiratete, ihren russischen Immobilienbesitz nicht behalten. 1847 überschreibt Madame Hańska ihrer Tochter die Ländereien des verstorbenen Wacław Hański gegen eine Leibrente. Ihr untertäniges Gesuch, wenigstens das Gut, das sie in die Ehe eingebracht hat, behalten zu dürfen, wird im Sommer 1849 von Zar Nikolaus I. abschlägig beschieden.

Im Oktober kehrt Balzac in einem langen und bemerkenswerten Brief an seine Schwester[40] noch einmal zu seiner alten Freude an allem Stofflichen, Prächtigen und östlicher Handwerkskunst zurück, wenn er ihr die Vorzüge eines *termolama* genannten Materials schildert, aus dem sein Morgenrock gefertigt ist:

> Es ist ein Stoff ganz aus Seide, der in seinem Gewebe alle Wunder der indischen Kaschmirarbeiten vereint, wie ein in Seide ausgeführter, aber stärker glänzender Schal. Er hält Jahre. Man ist in Sonne gekleidet. Er ist warm und leicht. Mein *termolama* ist schwarz, dicht an dicht mit Palmetten übersät und von bewundernswert zarten, golden schimmernden Blumen umrahmt. [...] Ich glaube, so etwas wurde schon zu Abrahams Zeiten gefertigt.

Balzac, der in der *Lettre sur Kiew* die Leibeigenschaft verteidigte, kommt unmittelbar nach der Schilderung des herrlichen Stoffs auf einen weiteren Vorzug östlicher Gegebenheiten zu sprechen:

> Der Bedienstete, der mir hier zur Hand geht, hat geheiratet, und er und seine Frau kamen sich ihren Dienstherren empfehlen. Die Frau und der Mann werfen sich platt auf den Bauch, stoßen dreimal mit der Stirn auf den Boden und küssen einem die Füße. Auf ein solches Prosternieren versteht man sich nur im Orient. Nur dort hat das Wort *Macht* einen Sinn. Man muss wie der Kaiser von Russland regieren oder es gar nicht erst versuchen.

In das Behagen angesichts wahren Herrentums mischt sich ein neuer Ton: die Erkenntnis der Vergänglichkeit von Macht und Reichtum. Was er bei seinem ersten Ukraine-Aufenthalt als grandiosen Besitz schilderte (»Ländereien so groß wie bei uns die Departements«), erscheint ihm jetzt nur noch als kläglicher Rest einstiger Größe, wenn er daran erinnert, was der polnische König Korybut, ein Vorfahr sowohl der Rzewuski als auch der Mniszech, einst sein eigen nannte:

> Zudem muss gesagt werden, dass Michał Korybut, dessen Güter zwischen den Rzewuski und den Mniszech aufgeteilt wurden, einst (unter Ludwig XIV.) die ganze Ukraine gehörte, ganz Podolien, ganz Wolhynien, ferner auch Güter in Galizien; das entspricht dreimal dem heutigen Frankreich. Und seine weiblichen Nachfahren haben von all dem nur noch ein paar Dörfer retten können! Wie die Familien doch niedergehen!

Wenigstens besäße man noch die kostbaren Gemälde aus großer Zeit, schreibt Balzac: Watteau, van Dyck, Cranach, Rembrandt … Ein van Huysum sei gar mit Diamanten bestückt und unbezahlbar: »Was für Schätze in diesen großen polnischen Häusern! … Es ist erschreckend, wie eng die Schätze mit der Barbarei Hand in Hand gehen.« Leider und möglicherweise mit Rücksicht auf die russische Briefzensur führt er nicht weiter aus, was er unter »Barbarei« versteht. War es der fehlende europäische Komfort, den er in der *Lettre sur Kiew* anmerkte, die körperliche Züchtigung von Leibeigenen, die Tierquälerei?

War Balzac noch im Frühjahr und Sommer 1849 zu geistreichen Scherzen aufgelegt – »Ich bin wie der Spartiat, ich kehre entweder auf dem Schild oder unter dem Schild zurück«[41] –, so hatte er am Ende dieses katastrophalen Jahrs die Hoffnung auf einen glücklichen Ausgang und jenen »unerschütterlichen Glauben an die Zukunft« verloren, den er einst als »Fundament« seines Wesens ausgemacht hatte.[42] Im November 1849 schreibt er tief deprimiert an seine alte Vertraute Zulma Carraud:

> Wie anders nimmt sich doch das Leben von der Warte des 50jährigen aus! Und wie weit sind wir oft von unseren Hoffnungen entfernt! [...] wie viele Dinge, wie viele Illusionen haben wir seither nicht über Bord geworfen [...] Wie schnell erblüht doch das Böse, welche Hindernisse aber stehen den Dingen des Glücks entgegen! Nein, es kann einem das Leben verleiden. Seit drei Jahren baue ich ein Nest, das hier (ach!) ein Vermögen gekostet hat, und es fehlen die Vögel. Wann werden sie kommen? Die Jahre verrinnen, wir altern und alles wird welk, ganz wie die Stoffe und die Möbel im Nest.[43]

Das neue Jahr beginnt für Balzac mit einem »furchtbaren Katarrh«. Dennoch bricht er Ende des Monats mit der gräflichen Familie nach Kiew auf, zur alljährlichen Kontraktbörse, einem wirtschaftlichen und gesellschaftlichen Großereignis, das mit der Leipziger Messe verglichen wird.[44] Man handelt mit Weizen, kauft und verkauft ganze Güter und findet passende Partien für den heiratsfähigen Nachwuchs. Schon am zweiten Tag erkrankt Balzac schwer, er fiebert, Lunge und Bronchien sind angegriffen. Er gibt den eisigen Temperaturen und dem »todbringenden« Schneesturm auf der Reise nach

Kiew die Schuld an seinem Rückfall. Schon lange ist die Ukraine für ihn kein »paradis terrestre« mehr: »Meine Natur verweigert sich entschieden der Akklimatisierung. Dieses Land ist unmöglich für hochgradig reizbare Naturen.«[45] Zwanzig Tage muss er das Zimmer hüten. Sein einziges Vergnügen sei es gewesen, schreibt er seiner Schwester, Anna Mniszech »in Toiletten von königlicher Pracht« zum Ball aufbrechen zu sehen, »denn man macht sich keine Vorstellung von den Toiletten in Russland; sie liegen weit über dem Pariser Luxus. Die meisten Frauen ruinieren ihre Ehemänner mit ihrer Liebe zur Pracht.«[46]

Erst im März 1850 scheint Madame Hańska sich des kranken Balzac erbarmt und endlich in die Ehe eingewilligt zu haben. Ob es sein elender Zustand war, der sie milde stimmte, ob die Gewissheit seines baldigen Todes ihr eine erträglich kurze Zeit an seiner Seite versprach – man weiß es nicht. Fest steht, dass die Trauung am 14. März morgens um sieben Uhr *in aller Stille* vollzogen wurde. Noch drei Tage zuvor war der Bräutigam sich seiner Sache nicht sicher gewesen.

Nach der Hochzeit läuft Balzac noch einmal zu alter Form auf: Die triumphale Vollzugsmeldung an seine Schwester unterschreibt er: »Dein Bruder Honoré, auf dem Gipfel des Glücks«.[47] Dr. Nacquart, seinen alten Pariser Arzt, lässt er wissen, mit welchen königlichen und kaiserlichen Häusern Europas er durch die Eroberung des »diamant de la Pologne«

nunmehr verschwägert sei.[48] Genugtuung und eine neuerliche Kraft des Hoffens sprechen aus dem Brief an Zulma Carraud:

> Diese Verbindung ist, glaube ich, die Belohnung, die Gott mir für all die Widrigkeiten, die Jahre der Arbeit, der auferlegten und überwundenen Schwierigkeiten zugestanden hat. Ich hatte weder eine glückliche Jugend noch einen blühenden Frühling, dafür werde ich nun aber den strahlendsten Sommer und den mildesten aller Herbste haben.[49]

Man nimmt an, dass Balzac Anfang April ein letztes Mal nach Kiew fährt, um die Angetraute in seinen Pass eintragen zu lassen. Während seiner beiden Ukraine-Aufenthalte war er ein paar Mal zu offiziellen Visiten beim Gouverneur in Kiew gewesen. Auch bei seinem zweiten Besuch empfing man ihn ausgesprochen freundlich und handhabte die angeordnete Überwachung äußerst diskret. Zu seinen Eindrücken über die titelgebende Stadt ist der Autor in der *Lettre sur Kiew* nicht mehr gekommen. Was er in seinen Briefen über Kiew schreibt, klingt standardisiert, wie aus einem Reiseführer übernommen (Höhlenkloster, Sophienkathedrale) und verrät kein tieferes Interesse für die russische Kultur. Der sowjetische Forscher Grossman sieht den Grund dafür in Balzacs »Polonophilie«. In der *Lettre* sowie in einigen Romanen, etwa in *Tante Lisbeth, Glanz und Elend der Kurtisanen* und in *Der Aufgenommene,* erwähnt der Autor zwar die Tragik des »verblichenen Polens« und der gescheiterten polnischen Aufstände gegen die usurpierenden Mächte, aber auch hier bleibt sein Interesse an der Oberfläche.

Ende März erkrankt Balzac ein weiteres Mal, diesmal leidet er an einer Augenentzündung. Am 24. April tritt das späte Ehepaar die Reise nach Paris an. Unterwegs verschlechtert sich Balzacs Gesundheitszustand dramatisch: »Ich befinde mich in einem furchtbaren Zustand für einen Frischvermählten.«[50]

Ohnmachtsanfälle, Schweißausbrüche, zeitweilige Erblindung – »le pauvre Balzac«, der arme Balzac, wie seine Ehefrau ihn jetzt in ihren Briefen an Tochter Anna nennt, verfällt körperlich derart, dass alte Bekannte ihn nicht wiedererkennen.

Die Ankunft in Paris wird von einem tragischen Ereignis überschattet. Als das Paar in der Nacht des 20. Mai – an Balzacs 51. Geburtstag – in der Rue Fortunée 14 vorfährt, ist das Haus hell erleuchtet, durch die Fenster ist der prachtvolle Blumenschmuck zu sehen, den Balzac von unterwegs geordert hat. Aber niemand öffnet das Tor. Ein Schlosser muss gerufen werden. Balzacs Hausknecht François hat sich im Haus verbarrikadiert – er ist akut wahnsinnig geworden und muss in ein Irrenhaus gebracht werden. Um sein Personal auf Trab zu halten, hatte Balzac monatelang suggeriert, es sei täglich mit seiner Rückkehr zu rechnen. Ob es dieser Druck oder das herrschaftliche Sperrfeuer an Aufträgen und Besorgungen war, was den braven Elsässer um den Verstand brachte, sei dahingestellt. Gewiss aber rächte sich die Anweisung des Frischvermählten, seine Mutter habe bei der Ankunft ihrer polnischen Schwiegertochter nicht zugegen zu sein.

Nun ist das Vogelpärchen endlich im Nest, doch der kranke Mann wird bettlägerig. Ein Organ nach dem anderen versagt. Dr. Nacquart und ein ganzes Ärztekonsilium können ihm nicht mehr helfen. Am 20. Juni schreibt Balzac die letzten Zeilen von eigener Hand, einen zittrigen Zusatz unter einen Brief an Théophile Gautier, den er seiner Ehefrau diktiert hat: »Ich kann weder lesen noch schreiben.« Am 18. August 1850 stirbt Honoré de Balzac.

Seine Ehefrau Éveline tritt ein hochverschuldetes Erbe an. Die Einkünfte aus Balzacs Werk dürften die Passiva jedoch kompensiert haben. Dass die Witwe unvollendete Romane, etwa *Les Paysans,* von einem zweitrangigen Autor zu Ende schreiben lässt, nimmt die literarische Welt ihr übel. Bald ziehen Tochter Anna und Schwiegersohn Georges Mniszech zu ihr nach Paris. 1865 verkauft das Trio Balzacs Gesamtwerk an den Verleger Michel Lévy. Gegen Madame de Balzacs Lebensende sind die einst gewaltigen Reichtümer der Rzewuski, Hańska und Mniszech so gut wie aufgezehrt. 1882 muss sie das Haus in der Rue Fortunée verkaufen. Vom vertraglich garantierten Wohnrecht auf Lebenszeit kann sie nur kurze Zeit Gebrauch machen: Éveline de Balzac stirbt noch im selben Jahr.

Als die Nachricht von ihrem Tod bekannt wird, stürmen erboste Gläubiger das Haus und werfen Balzacs Manuskripte und andere Papiere aus den Fenstern. Die *Lettres à Madame Hańska* findet man bei einem Flickschuster, anderes bei Lebensmittelhändlern, die aus dem Papier Tüten drehen.

Das Inventar der Rue Fortunée 14, das Balzac 1847/48 für jedes der Zimmer penibel aufgelistet und mit einem Gesamtwert von über 220 000 Francs beziffert hatte, kam im Hôtel Drouot unter den Hammer und erbrachte nicht einmal ein Zehntel dieser Summe.

Noch vor Madame de Balzac war 1881 ihr Schwiegersohn Georges Mniszech gestorben, in geistiger Umnachtung. Seine Witwe Anna trat nach dem Tod ihrer Mutter in den *Couvent des Filles de la Croix* in der Pariser Rue de Vaugirard ein, wo sie 1915 mit fast 85 Jahren starb. Von der Tatsache, dass sie Balzacs Stieftochter war, soll die polnische Comtesse und Ordensfrau kein Aufheben gemacht haben.

Schloss und Landgut Wierzchownia, zunächst offenbar Dr. Knothes Obhut überlassen, werden später von Éveline de Balzacs Bruder Adam Rzewuski erworben. Bis zur Oktoberrevolution 1917 bleibt der Besitz in privater Hand. 1922 wandelt die Sowjetmacht das Schloss in eine Landwirtschaftsschule um. Leonid Grossman äußerte sich in den 1930er Jahren mit Genugtuung über die neue Nutzung des Anwesens, »auf dem jetzt die Nachkommen einstiger Leibeigener der Hański das Wissen erwerben, das sie zur Ausübung ihres Berufs benötigen«.[51]

Fotos von Wierzchownia aus den 1930er Jahren[52] bezeugen

gegenteiligen Aussagen zum Trotz einen guten Erhaltungszustand der Gebäude. 1959, zu Balzacs 160. Geburtstag, richtete man einen Gedenkraum ein. Nach einer umfangreichen Restaurierung in den 1990er Jahren wurden die drei Zimmer, die der Schriftsteller bei seinen Ukraine-Aufenthalten bewohnt hatte, zum Balzac-Museum. Park und Schloss gehören inzwischen zum Nationalen Kulturerbe der Ukraine.

*

Das ukrainische Städtchen Berditschew gedenkt heute mit Stolz des prominenten Besuchers. Neben dem Eingang von St. Barbara erinnert eine ovale weiße Tafel an Balzacs Heirat im Jahre 1850. Unter der Sowjetmacht diente das Gotteshaus als Sportsaal, und ein verschämtes Schild tat kund, der französische Schriftsteller habe »diesen Ort besucht«. Als die Ukraine 1991 unabhängig wurde, erhielten alle Glaubensgemeinschaften ihre Liegenschaften zurück. Heute finden in St. Barbara wieder katholische Gottesdienste statt, für die polnische Minderheit, die es hier immer noch gibt, auch in polnischer Sprache. Obwohl das historische Berditschew in Balzacs *Lettre sur Kiew* nicht gut wegkommt (»sauber wie ein Schweinekoben«), hat man doch einen Satz gefunden, der für Werbezwecke taugt: »In Berditschew beginnt die Ukraine. Honoré de Balzac« – so steht es in den Nationalfarben Gelb und Blau auf riesigen Schrifttafeln mitten in der Landschaft.

Auf schlechten Straßen legt man die sechzig Kilometer von Berditschew nach Wierzchownia zurück, das heute ukrainisch Werchiwnja heißt. Die Museumsführerin muss in ihrem Dorf abgeholt werden, wo die einstige Lehrerin nach der Schließung ihrer Schule einen Hektar Land bewirtschaftet. Einen Traktor kann die Familie sich nicht leisten, geschweige denn ein Auto. Feldarbeit und Fahrten zu den Märkten werden wie zu Balzacs Zeiten mit Pferd und Wagen bewerkstelligt. Die Arbeit im Museum bietet der kräftigen, braun gebrannten Ukrainerin ein kleines Zubrot, eine Herzensangelegenheit scheint ihr die elegante Welt der polnischen Großgrundbesitzer ebenso wenig zu sein wie Balzac und seine Romane.

Vom hallenden Vestibül gelangt man über die geschwungene Marmortreppe nach oben, auf jenen zwanzig Stufen, die der kranke Schriftsteller schließlich nicht mehr bewältigen konnte. Eingerichtet sind die drei Balzac-Zimmer liebevoll mit Möbeln und Bildern im Stil der damaligen Zeit. Kein Stuhl, kein Tisch, kein Kunstwerk aus Balzacs Wohnräumen hat die Zerstörungen der Revolution und zweier Weltkriege überstanden. In einer Ecke lehnt das einzige originale Stück des Museums an der Wand, ein von Tischlern auf Wierzchownia eigens für den kranken Balzac gefertigter Spazierstock, der sich notfalls als Sitzgelegenheit nutzen ließ. Die Führerin stellt das Exponat beherzt aufs Parkett und ermuntert die Besucher, den Sitz auszuklappen und Platz zu nehmen.

Einen Eindruck von einstiger Pracht gibt der Ballsaal, heute die Aula der nach wie vor hier untergebrachten Landwirtschaftsschule: bodentiefe Fenster zum rückwärtigen Park, feinste Stuckarbeiten, zarte Farben, an der Stirnseite ein Fries mit dem Halbrelief eines Dionysoszugs. In schroffem Kontrast dazu das schadhafte, triste Kunstledergestühl aus sowjetischer Zeit und die Abbildungen von Getreide- und Rübenarten an der Wand.

Bis auf die schönen alten Bäume, unter denen Balzac wohl an guten Tagen spazieren ging, ist vom legendären Schlosspark nicht viel mehr geblieben als eine Rasenfläche. Aus einem kleinen abgeteilten Rechteck ragt ein leerer schwarzer Granitsockel: Jemand hat den Führer der Weltrevolution von seinem Postament gestürzt und mit Hammer und Meißel versucht, die Buchstaben LENIN zu tilgen. Seit dem Frühjahr 2015 gilt in der Ukraine das Gesetz der »Dekommunisazija« und lädt zur Geschichtsbewältigung auf eigene Faust ein. Für Honoré de Balzacs Traumziel und Leidensort Wierzchownia hat wieder eine neue Ära begonnen.

Brigitte van Kann — Hamburg, im März 2018

CLOS St.-LAZARE à Paris.

CHEMIN DE FER DU NORD.

SERVICE D'ÉTÉ. 1 Août 1847.

CORRESPONDANCE DIRECTE AVEC L'ANGLETERRE, LA PRUSSE & LES PROVINCES RHÉNANES, L'ALLEMAGNE & LA SUISSE.

La distribution des billets cesse 5 minutes avant le départ. — MM. les voyageurs doivent les conserver jusqu'à destination, et les représenter à toute réquisition ; sinon ils paieront le prix d'une place de 1.re classe, calculée d'après la distance la plus éloignée.

On doit apporter les bagages au plus tard 15 minutes avant le départ. — Chaque colis doit porter l'adresse écrite très-lisiblement.

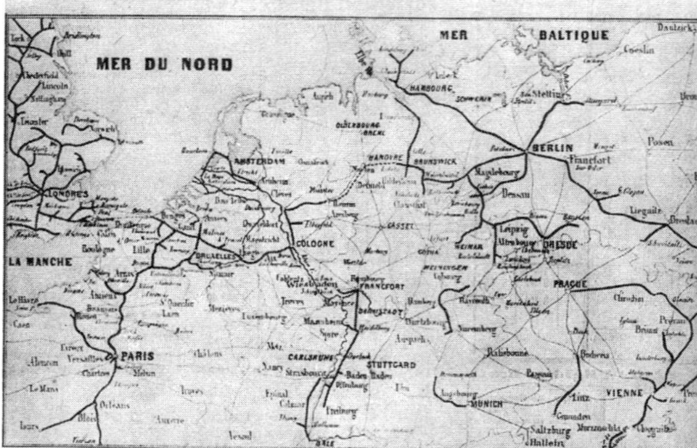

VILLES D'ALLEMAGNE EN COMMUNICATION DIRECTE AVEC **PARIS** PAR LE **CHEMIN DE FER DU NORD.**

NOMS DES VILLES.	INDICATIONS SUR LES VOYAGES.	Distances de Paris en kilomètr.	Durée du trajet (h.)	Durée du trajet (m.)	PRIX des PLACES 1. classe (fr.)	1. classe (c.)	2. classe (fr.)	2. classe (c.)
		kilom.	h.	m.	fr.	c.	fr.	c.
Aix-la-Chapelle	Par Valenciennes, Bruxelles, Malines, Liége et Verviers.	309	21	30	48	75	37	»
Appenweiller.		»	»	»	»	»	»	»
Bingen	Par Valenciennes, Bruxelles, Liége, Aix, Cologne, Mayence et Coblentz.	886	45	30	70	55	49	65
Bâle.	Par Valenciennes, Bruxelles, Liége, Aix, Cologne, Mayence, Francfort, Carlsruhe, Strasbourg.	1181	73	30	115	55	84	95
Baden-Baden	Par Valenciennes, Bruxelles, Liége, Aix, Cologne, Mayence, Francfort, Carlsruhe, Strasbourg.	1012	73	30	93	23	65	40
Brunswick	Par Valenciennes, Bruxelles, Malines, Liége, Aix, Cologne, Hamm.	990	58	43	99	90	79	40
Berlin	Par Valenciennes, Bruxelles, Malines, Liége, Aix, Cologne, Hamm, Hanovre, Magdebourg.	1292	68	22	125	20	96	05
Breslau.	Par Valenciennes, Bruxelles, Malines, Liége, Aix, Cologne, Hamm, Hanovre, Magdebourg, Berlin	1644	87	15	166	45	125	50
Bonn.	Par Valenciennes, Bruxelles, Malines, Liége, Aix, Cologne.	640	25	25	38	55	43	70
Coblentz.	Par Valenciennes, Bruxelles, Malines, Liége, Aix, Cologne et de là par bateaux à vapeur.	718	40	»	64	45	46	60
Carlsruhe	Par Valenciennes, Bruxelles, Malines, Cologne, Coblentz, Mayence, Francfort, Manheim, Heidelberg.	979	64	20	89	50	62	35
Carlsbad.	Par Valenciennes, Bruxelles, Malines, Cologne, Hamm, Hanovre, Magdebourg, Cœthen, Leipzig et Reichenbach.	1383	83	50	144	25	118	15
Darmstadt.	Par Valenciennes, Bruxelles, Malines, Liége, Aix, Cologne, Coblentz, Mayence, Francfort.	877	59	»	79	50	[illegible]	55
Dusseldorff.	Par Valenciennes, Bruxelles, Malines, Liége, Aix, Cologne.	647	34	35	60	65	45	70
Dresde	Par Valenciennes, Bruxelles, Malines, Cologne, Hamm, Hanovre, Magdebourg, Cœthen, Halle, Leipzig.	1326	73	»	133	55	[illegible]	50
Elberfeld.	Par Valenciennes, Bruxelles, Malines, Liége, Aix, Cologne, Dusseldorf.	673	35	45	63	75	47	90
Eger.	Par Valenciennes, Bruxelles, Malines, Cologne, Hanovre, Leipzig, Reichenbach, Carlsbad.	1429	94	»	150	20	119	40
Ems.	Par Valenciennes, Bruxelles, Malines, Aix-la-Chapelle, Cologne, Coblentz	733	43	»	66	65	48	80
Francfort-sur-le-Mein.	Par Valenciennes, Bruxelles, Malines, Aix-la-Chapelle, Cologne, Coblentz et Wiesbaden.	847	49	30	77	10	55	80
Francfort-sur-l'Oder.	Par Valenciennes, Bruxelles, Cologne, Hamm, Hanovre, Brunswick, Magdebourg, Berlin.	1342	77	42	134	45	103	85
Freyburg.	Par Valenciennes, Bruxelles, Cologne, Mayence, Francfort, Heidelberg, Carlsruhe, Offenbourg.	1092	69	30	101	65	70	65
Heidelberg.	Par Valenciennes, Bruxelles, Cologne, Mayence, Francfort.	934	61	»	84	75	59	50
Hamm	Par Valenciennes, Bruxelles, Malines, Liége, Aix, Cologne, Dusseldorf.	758	38	50	71	05	52	55
Hanovre.	Par Valenciennes, Bruxelles, Malines, Liége, Aix, Cologne, Hamm.	933	55	»	94	05	73	55
Hambourg.	Par Valenciennes, Bruxelles, Malines, Liége, Aix, Cologne, Hamm, Hanovre, Harbourg	1094	66	40	108	85	85	20
Hombourg.	Par Valenciennes, Bruxelles, Malines, Liége, Cologne, Coblentz, Wiesbaden, Francfort	828	51	30	78	20	54	90
Kehl (Strasbourg).	Par Valenciennes, Bruxelles, Malines, Cologne, Coblentz, Mayence, Heidelberg, Carlsruhe	1043	67	15	96	50	67	50
Leipzig.	Par Valenciennes, Bruxelles, Malines, Cologne, Hamm, Hanovre, Magdebourg, Halle.	1211	67	»	122	25	94	10
Mayence.	Par Valenciennes, Bruxelles, Malines, Cologne, Coblentz	814	47	»	72	55	50	65
Manheim	Par Valenciennes, Bruxelles, Malines, Cologne, Coblentz, Francfort, Heidelberg.	934	61	»	84	75	59	50
Magdebourg	Par Valenciennes, Bruxelles, Malines, Cologne, Hamm, Hanovre, Brunswick.	1094	62	45	110	40	86	20
Marienbad.	Par Valenciennes, Bruxelles, Cologne, Hamm, Hanovre, Leipzig, Reichenbach, Eger.	1420	93	30	155	80	124	70
Offenburg.	Par Valenciennes, Bruxelles, Cologne, Coblentz, Mayence, Francfort, Heidelberg, Carlsruhe.	1040	66	35	96	05	66	95
Oderberg		1841	94	15	184	75	139	10
Rastadt.	Par Valenciennes, Bruxelles, Cologne, Coblentz, Mayence, Francfort, Heidelberg, Carlsruhe	999	58	11	91	75	64	05
Schliengen (Basle)	Par Valenciennes, Bruxelles, Cologne, Coblentz, Mayence, Francfort, Heidelberg, Carlsruhe, Offenbourg.	1121	70	59	104	70	72	90
Stettin	Par Valenciennes, Bruxelles, Cologne, Hamm, Hanovre, Magdebourg, Berlin.	1425	87	10	156	15	106	20
Spa.	Par Valenciennes, Bruxelles, Malines, Liége et Pepinster.	512	»	»	»	»	»	»
Tœplitz	Par Valenciennes, Bruxelles, Cologne, Hamm, Hanovre, Leipzig, Dresde.	1391	81	»	142	55	64	70
Weinheim		907	60	7	82	60	58	50
Vienne.	Par Valenciennes, Bruxelles, Cologne, Hamm, Hanovre, Magdebourg, Berlin, Francfort, Breslau, Ratibor, Prerau, Wagram.	2119	106	»	218	40	163	40
Wiesbaden.	Par Valenciennes, Bruxelles, Aix, Cologne, Bonn, Coblentz.	842	49	30	75	65	51	55

Fahrplan Paris–Deutschland für den Sommer 1847 und Streckenkarte des Chemin de fer du Nord, entnommen der Erstausgabe von 1927.

Anmerkungen zur *Lettre sur Kiew*

SEITE 5 ***Ihnen einen Brief zu schicken*** – Balzac verfasste seinen Reisebericht unter dem Titel *Lettre sur Kiew* in Form eines freundschaftlichen Briefs an Armand Bertin (1801–1854), der nach dem Tod seines Vaters Louis-François Bertin die Leitung des für seinen unabhängigen Standpunkt bekannten *Journal des Débats* übernommen hatte. In der Ausgabe vom 4. September 1947 ließ Bertin über Balzacs Abreise nach Kiew berichten.

SEITE 5 ***Abbé Galiani*** – Ferdinando Galiani (1728–1787), im italienischen Chieti geborener Ökonom und Schriftsteller, verbrachte als Sekretär der neapolitanischen Gesandtschaft zehn Jahre in Paris und verkehrte dort in den angesehensten Salons der französischen Aufklärung. Er war für seinen satirischen Stil bekannt.

SEITE 5 ***der puritanische Reisende*** – der französische Politiker und Autor Alexis de Tocqueville (1805–1859), dessen wichtigstes Werk *De la démocratie en Amérique* 1835/1840 erschien und, basierend auf Reiseerlebnissen, die amerikanische Verwirklichung von Gleichheit und Freiheit untersuchte. Den wachen Bürgersinn der Amerikaner sah de Tocqueville als ein Erbe ihrer Vorfahren, der puritanischen Siedler.

SEITE 5 ***Garnier*** – Den Herausgebern der französischen Erstausgabe ist es nicht gelungen, die Identität des erwähnten Monsieur Garnier festzustellen. Möglicherweise handelte es sich um E. Garnier, einen Sammler und Übersetzer von Reiseberichten.

SEITE 6 ***ein berühmtes Werk*** – der 1843 in Form einer Briefsammlung erschienene Reisebericht des französischen Diplomaten Astolphe de Custine (1790–1857) *La Russie en 1839* (dt. Russland im Jahr 1839, Leipzig 1843, zuletzt 1985 unter dem Titel *Russische Schatten*). Im Vorwort schrieb de Custine: »Ich ging nach Russland, um Gründe gegen die repräsentative Regierung zu suchen und komme als Anhänger der Constitutionen zurück.« De Custines ausgesprochen negatives Russlandbild mit seiner Kritik des zaristischen Despotismus sorgte in Frankreich für eine lebhafte Polemik. Das Buch wurde in rasch aufeinanderfolgenden Auflagen ausgiebig rezipiert und verfestigte nachhaltig die Vorbehalte gegenüber dem »Empire de la peur«, dem Reich der Furcht.

Balzac, der de Custine persönlich kannte, unterhielt zwischen 1835 und 1846 eine ausführliche und herzliche Korrespondenz mit ihm. 1846 widmete Balzac de Custine sein Werk *L'Auberge rouge*. Bei einem Abendessen im März 1839 berichtete de Custine Balzac vom Vorhaben seiner Russlandreise, sodass dieser Madame Hańska freudig dessen Besuch in Aussicht stellte. Als sich jedoch die Vehemenz seiner Kritik sowie deren Veröffentlichung abzeichnen, zeigte sich Balzac rückblickend erleichtert, dass de Custine, der sich von Anfang Juli bis Anfang Oktober 1839 in Russland aufhielt, nicht mit seiner Angebeteten zusammengetroffen war.

SEITE 6 ***siebenhundert Personen*** – Damit meint Balzac die politischen Vertreter der weiter unten erwähnten »beiden Kammern« (Ober- und Unterhaus des französischen Parlaments). Während die Abgeordnetenkammer 556 Sitze umfasste, waren in der Pairskammer, die frei über die Anzahl ihrer Mitglieder bestimmte, ungefähr 149 Personen vertreten. Seit der Französischen Revolution wurden die gemäßigten Zentristen gelegentlich auch als »gesetzgebender Bauch« (*ventre législatif*) bezeichnet.

SEITE 7 ***Charivari, Corsaire*** – In der 1832 erstmals erschienenen Satirezeitschrift *Le Charivari* wurden Rezensionen und Spottbilder (zu Russland etwa *Un voisin insupportable* von Amédée de Noé, genannt Cham) veröffentlicht. Besonders bekannt wurde die (um 1855) unter dem Titel *Les Cosaques pour rire* veröffentlichte 40-teilige Sammlung der zuvor in *Le Charivari* abgedruckten sorgfältig kolorierten Kosaken-Karikaturen von Cham, Honoré Daumier und Charles Vernier. Die Tageszeitung *Le Corsaire* trug den Untertitel *Journal des spectacles, de la littérature, des arts et des modes.* Die Metapher vom »Koloss des Nordens« wurde sowohl in der französischen als auch in der deutschen Literatur und Geschichtsschreibung des 19. Jahrhunderts häufig bemüht.

SEITE 7 ***eine Gefahr für Europa*** – Hier bezieht sich Balzac wohl auf eine Anekdote, die in Emmanuel de Las Cases 1823 erschienenem Erinnerungsbuch über Napoleon, *Le Mémorial de Sainte-Hélène,* wiedergegeben wird. Dort wird Napoleon mit den Worten zitiert, Russland »wäre nur ein Vierteljahr angreifbar; biete den Angreifern nur Kälte, Ungemach und Entbehrungen eines öden Bodens dar, während seine Völker mit Lust gegen die Reize des Südens auszögen«. Und weiter: »Wenn sich ein Zar mit einem Bart am Kinn findet (der Kaiser brauchte einen noch stärkeren Ausdruck), so gehört Europa ihm.« (zit. nach der zeitgleich erschienenen deutschen Übersetzung *Denkwürdigkeiten von Sanct-Helena,* Tübingen 1823–1826).

SEITE 8 ***das Buch von Monsieur de Custine*** – s. Anm. S. 6.

SEITE 8 ***bei meiner Reise nach Petersburg*** – Vom 29. Juli bis zum 7. Oktober 1843 besuchte Balzac seine Angebetete, die polnische Gräfin und Großgrundbesitzerin Ewelina Hańska, in St. Petersburg. Am 9. August hatte Balzac Nikolaus I. bei einer Truppenparade in Krasnoe Selo gesehen, war dem Zaren jedoch nicht vorgestellt worden. Balzac reiste auf dem Seeweg nach Petersburg, von Dünkirchen mit dem englischen Dampfer *Devonshire* nach Kronstadt. Er kehrte auf dem Landweg via Berlin nach Paris zurück. Seine Hoffnung, in den höheren Kreisen der russischen Politik und Gesellschaft Fuß zu fassen, erfüllte sich nicht.

SEITE 8 ***Kaiser Nikolaus*** – Nikolaus I. (1796–1855), von 1825 bis 1855 Kaiser von Russland, Nachfolger seines älteren Bruders Alexander I. Nikolaus I. lehnte die Aufhebung der Leibeigenschaft ab und gilt als Bedrücker der Juden (Zwangsrekrutierung jüdischer Jungen). Er pflegte einen autoritären, militärisch geprägten Regierungsstil.

SEITE 8 ***Tauroggen*** – bei Balzac Taurogen; kam infolge der 3. poln. Teilung 1795 zum Russischen Reich. 30 Kilometer von der preußischen Grenze entfernt, war Tauroggen eine zentrale Zollstelle für den europäischen Ost-West-Handel. Heute litauisch Tauragė.

SEITE 9 ***Padischah von Stambul*** – *Padischah* (oder *Padeschah*) ist eine Variante des persischen Schah-Titels, die *Herrscher* oder *Großkönig* bedeutet und von der sich wiederum der osmanische *Pascha* ableitet. Im Osmanischen Reich kam die Bezeichnung

Padischah für den Sultan ab dem 15. Jahrhundert auf. Der Name *Stambul* für das damalige Konstantinopel und spätere Istanbul war im 19. Jahrhundert geläufig.

SEITE 9 ***Compagnie*** – gebräuchliche frz. Abkürzung für die *Compagnie anglaise des Indes orientales*, die Britische Ostindien-Kompanie, die als mächtige Handelsgesellschaft für Gewürze und Rohstoffe seit 1600 Niederlassungen in Indien und China unterhielt und den Grundstein für das British Empire legte. Widerspenstige Staaten wurden mit unbarmherziger Härte den ehrgeizigen britischen Handelszielen unterworfen.

SEITE 9 ***Reversi*** – Kartenspiel, bei dem der Herzbube die Hauptkarte ist und der Spieler mit den wenigsten Punkten oder Stichen gewinnt (daher vermutlich der Name, der auf die *umgekehrten* Verhältnisse anspielt).

SEITE 10 ***Werst*** – altes russisches Längenmaß, 1067 Meter.

SEITE 10 ***des Fürsten Koslofski*** – russ. Kozlovskij, Pëtr Borisovič (1783–1840), Fürst, russischer Diplomat und Schriftsteller. Stand in Kontakt mit Heinrich Heine, Lord Byron, Chateaubriand, Metternich und Talleyrand, übersetzte Goethes *Werther* ins Russische. Kozlovskij war einer der Informanten de Custines, den er bereits aus Frankfurt kannte und dem er auf der gemeinsamen Schiffspassage nach Russland wieder begegnete. De Custine erwähnt seine Gespräche mit dem »Fürsten K.«.

SEITE 10 ***der Autor*** – Balzac schreibt fälschlich »der Kaiser« (*l'empereur*), was in der französischen Erstausgabe der *Lettre sur Kiew* korrigierend angemerkt wird.

SEITE 10 ***der russischen Herrlichkeit*** – lt. Anmerkung in der Erstausgabe der *Lettre* hatte Balzac zunächst »der russischen Barbarei« geschrieben.

SEITE 10 ***Madame de Staël in Zehn Jahre Exil*** – Die französische Schriftstellerin Germaine de Staël (1766–1817), Madame de Staël genannt, wird vor allem mit ihrem 1810 erschienenen Hauptwerk *De l'Allemagne* (*Über Deutschland*) in Verbindung gebracht, welches das französische Deutschlandbild im 19. Jh.nachhaltig prägte. Nachdem sie Napoleon anfangs gewogen schien, wandte sie sich bereits um 1800 gegen sein zunehmend diktatorisches Regime. Die Zensur verbot ihr Deutschlandbuch sofort nach Erscheinen, da man die Verklärung Deutschlands als Gegenentwurf zum repressiven napoleonischen Staat deutete.

Im Mai 1812 floh Madame de Staël von ihrem Schweizer Anwesen Coppet, wo sie praktisch unter Hausarrest stand, mit der Kutsche über Österreich nach Russland, wo just während ihrer Anwesenheit Napoleons Truppen einfielen. Über die Provinz Wolhynien reiste sie nach Kiew, Moskau und St. Petersburg, bevor sie sich im finnischen Hafen Abo nach Schweden einschiffte. Auf wenigen, dafür hochkonzentrierten Seiten wendet sich Germaine de Staël gegen das stereotype Russlandbild ihrer Landsleute. In Abgrenzung zur verfeinerten Hochkultur des napoleonischen Frankreichs würdigte sie die kraftvolle Ursprünglichkeit der Russen: »Kein zivilisiertes Volk trägt noch so viel Wildes in sich wie die Russen, und wo der Adel Kraft zeigt, erinnert er im Bösen und Guten an diese ungezügelte Natur. Man hat Diderots bekannten Ausdruck, die Russen wären verdorben, ehe sie reif geworden seien, immer sehr gerühmt.

Ich kenne keinen falscheren. Selbst ihre Laster sind, von einigen Ausnahmen abgesehen, eher durch Gewalttätigkeit verursacht als durch Verdorbenheit.« (zit. nach Appel, *Madame de Staël: Kaiserin des Geistes,* S. 313).

SEITE 10 ***Cyprien Robert*** – Cyprien Robert (1807–18?), von 1852–1857 Professor am Lehrstuhl für Slawistik des Collège de France, außerdem Redakteur der *Revue des deux Mondes.* Seine Vorlesungen erschienen 1852 unter dem Titel *Le Monde slave, son passé, son état présent et son avenir.* In zahlreichen weiteren Veröffentlichungen sowie in seinen Zeitschriftenbeiträgen widmete sich Cyprien Robert besonders der Idee des Panslawismus. Er reiste mehrfach nach Osteuropa, bevorzugt in die Balkanländer. Robert zählte im 19. Jahrhundert zu den ersten französischen Intellektuellen, die der Gesellschaft die Augen für die nationalen Probleme in Mittel- und Osteuropa öffneten.

SEITE 11 ***des Jungen Deutschland*** – Gruppierung liberaler deutscher Schriftsteller, die, zunächst unabhängig voneinander, für Pressefreiheit und die Einheit Deutschlands eintraten. Blütezeit 1830 bis 1835. Nach dem Publikationsverbot 1835 gingen Heinrich Heine, Karl Gutzkow und Ludwig Börne ins Exil.

SEITE 11 ***Faubourg Saint-Marceau*** – auch Faubourg Saint-Marcel. Pariser Stadtteil zwischen dem 5. und 13. Arrondissement, heute in etwa dem Quartier Latin um die Rue Mouffetard entsprechend. Bis zu den Haussmannschen Umgestaltungen im 19. Jahrhundert war das Viertel ein Synonym für Armut und Elend, in dem die revolutionären Ideen besonders gut gediehen. In seinen Lutetia-Berichten beschreibt Heinrich Heine 1840 nach einem Besuch in den Werkstätten des Faubourg Saint-Marceau den »kräftigsten Teil der untern Klasse«, der revolutionär-utopische Schriften lese und »in jenen ungeheuren Werkstätten, wo Metalle verarbeitet werden und die halbnackten trotzigen Gestalten während des Singens mit dem großen eisernen Hammer den Takt schlagen auf dem dröhnenden Amboß« zornig-flammende Lieder singe. (Heinrich Heine, Werke und Briefe, hrsg. von Hans Kaufmann, Bd. VI, Berlin/Weimar 1980, S. 268).

SEITE 11 ***Jansenisten und Jesuiten.*** Anspielung auf den Glaubensstreit zwischen Jesuiten und Jansenisten, die sich auf die Ansichten des Bischofs von Ypern, Cornelius Jansen (1585–1638), beriefen. Im Unterschied zu den Jesuiten waren die Jansenisten der Ansicht, dass die göttliche Gnade unwiderstehlich sei und stets über den freien Willen des Menschen triumphiere. Berühmtester Vertreter des Jansenismus war der Philosoph Blaise Pascal, der am geistigen Zentrum der Bewegung, dem Zisterzienserinnenkloster Port-Royal bei Versailles, seine *Lettres provinciales* (1656–1657) gegen die kasuistische jesuitische Moralauffassung schrieb.

SEITE 11 ***Russologen*** – eine der spöttischen, irregulären französischen Vorlage (*russologue*) nachgebildete Bezeichnung für einen Russisten.

SEITE 12 ***Kijow*** – eigentl. Kijów, poln. Schreibweise für Kiew.

SEITE 12 ***kaiserliche Residenz*** – Irrtum Balzacs; Kiew war nie kaiserliche Residenz, sondern Sitz der Großfürsten unter den rurikidischen Herrschern. Zur Zeit der Kiewer Rus, des Vorläuferstaates des Russischen Reichs, war Kiew im Mittelalter politisches, kulturelles und als Sitz des Metropoliten der russisch-orthodoxen Kirche auch geistiges Machtzentrum.

SEITE 12 ***Fürst Krimgerai*** – Aus dem Manuskript der *Lettre* geht hervor, dass Balzac zunächst »Razumofski« anstelle von Krimgerai geschrieben hatte und »Hetman« anstelle von Khan. Damit ersetzte er Richtiges durch Falsches: Tatsächlich war Fürst Razumofski (russ. Razumovskij, Kirill Grigorevič, 1728–1803) der letzte Hetman der Saporoger Kosaken, bis Katharina II. 1764 das ihr zu unabhängig und ambitioniert agierende Hetmanat abschaffte.

Krimgerai (eigentl. Kyrym Geraj, 1717–1769) war einer der letzten Khane der Krim. Unter Katharina II. eroberte und annektierte Russland die Krim 1783 und setzte damit der Herrschaft der Krim-Khane ein Ende, die seit 1449 aus der Dynastie der Gerai (andere Schreibweisen: Girei, Gerei) stammten.

SEITE 12 ***Adjukhanten*** – typischer Balzacscher Kalauer, der im Französischen auf den Homophonen aides de camp / khan beruht.

SEITE 12 ***Khan von Chiwa*** – Das Khanat Chiwa war das kleinste und unbedeutendste der zentralasiatischen Khanate, allerdings geschützt durch ausgedehnte Sandwüsten. Im Winter 1839–1840 scheiterten die Russen bei dem Versuch, das Khanat Chiwa zu unterwerfen, das sie aufgrund großer Verluste durch einen eisigen Winter gar nicht erst erreichten. Erst 1873 gelang Russland die Eroberung.

SEITE 13 ***Nachdem ich das katholische Rom gesehen hatte*** – Balzac besuchte Rom im März und April 1846 zusammen mit Madame Hańska. Papst Gregor VI. gewährte ihm eine Audienz.

Am 12. April nahm Balzac an den Osterfeierlichkeiten auf dem Petersplatz teil.

SEITE 13 ***eine mittlerweile fünfzehnjährige Freundschaft*** – Balzacs Beziehung zu der polnischen Gräfin und Großgrundbesitzerin Ewelina Hańska, die 1832 mit einem schwärmerischen Brief der jungen verheirateten Frau an den berühmten Schriftsteller begonnen hatte. (Siehe dazu das Nachwort)

SEITE 13 ***Harel*** – Charles Jean Harel (1790–1846), Dramatiker und Journalist, war von 1829 bis 1832 Direktor am Théâtre de l'Odéon, anschließend bis 1840 Leiter des Théâtre de la Porte-Saint-Martin. Harel lebte nach der Rückkehr der Bourbonen von 1815 bis 1820 im Exil in Brüssel, wo er die berühmte Schauspielerin Mademoiselle Georges kennen und lieben lernte. Er verhalf ihr am Théâtre de la Porte-Saint-Martin mit Inszenierungen der bedeutendsten zeitgenössischen Romantiker (*La Tour de Nesle* von Alexandre Dumas oder *Lucrèce Borgia* von Victor Hugo) zu ihren größten Erfolgen. 1840 ging Harel bankrott und lieh sich von einflussreichen Mäzenen Geld für eine große Auslandstournee mit seiner Geliebten als Aushängeschild. Über Marseille und Konstantinopel erreichten sie Russland, wo sie jedoch ein Fiasko erwartete: Sowohl in Odessa als auch in Kiew wurde die mangelnde Natürlichkeit und Sensibilität der Interpretation offen beanstandet, und statt des erhofften finanziellen Erfolgs endete das Unternehmen mit roten Zahlen.

SEITE 13 ***Mademoiselle Georges*** – Als Marguerite-Joséphine Weimer (1787–1867) geboren, zählte die bei ihren Zeitgenossen nur als Mademoiselle Georges bekannte Schauspielerin zu den wichtigsten Bühnendarstellerinnen Frankreichs. Sie debütierte mit knapp sechzehn Jahren 1802 an der Comédie française und sicherte sich die Aufmerksamkeit von Kritikern und einflussreichen Geliebten, zu denen auch der Erste Konsul Napoleon Bonaparte zählte. Trotz allem hoch verschuldet, setzte sich Mademoiselle Georges 1808 heimlich nach Russland ab und lebte, vom Zaren und dem russischen Adel umjubelt, als gefeierte Schauspielerin in Petersburg, bis der dramatische Rückzug der französischen Truppen im Rahmen des Napoleonischen Russlandfeldzugs sie 1813 zur Rückkehr zwang. Angesichts dieses frühen Triumphs musste ihr der Misserfolg der dreißig Jahre später mit Harel angetretenen Russlandtournee umso bitterer erscheinen.

SEITE 13 ***Liszt*** – Franz Liszt (1811–1886) feierte als Klaviervirtuose Erfolge in Russland, wo er erstmals 1842 in St. Petersburg auftrat. Anlässlich eines Konzerts 1847 in Kiew lernte Liszt die aus einem polnischen Adelsgeschlecht stammende Fürstin Caroline zu Sayn-Wittgenstein kennen, die später seine Lebensgefährtin wurde. Ab September 1847 verbrachte er einige Monate auf ihrem Landsitz Woronice in Podolien, im Süden der Ukraine. Liszt weilte also zur selben Zeit in der Ukraine wie Balzac. Inspiriert von ukrainischen und polnischen Volksliedern schrieb Liszt in Woronice seine dreiteilige Klavier-Suite *Nachlese in Woronice*: 1. Ukrainische Ballade, dumka, 2. Polnische Melodien, nach zwei polnischen Volksliedern, 3. Klage, dumka.

SEITE 13 ***Berlioz*** – Hector Berlioz (1803–1869), unternahm seine erste Russlandreise mit Auftritten in St. Petersburg, Riga und Moskau im Frühjahr 1847, ausgestattet mit einem von Alexander von Humboldt erwirkten Empfehlungsschreiben des preußischen Königs Friedrich Wilhelm IV. an dessen Schwester Charlotte von Preußen, die mit dem Zaren verheiratet war. Das russische Publikum verwöhnte den im heimatlichen Frankreich wenig erfolgreichen Komponisten mit Anerkennung. Auch finanziell war die Russlandreise ein Erfolg. 1867/1868 zweite Russlandreise, Annahme des großzügig dotierten Angebots der musikbegeisterten Großfürstin Jelena Pawlowna, einer gebürtigen Prinzessin Charlotte von Württemberg, anstelle von Anton Rubinstein die Leitung der Konzerte der St. Petersburger Musikalischen Gesellschaft zu übernehmen.

SEITE 14 ***Kjachta*** – russ. Stadt an der mongolischen Grenze, im 18. Jh. und in der ersten Hälfte des 19. Jh. wichtiger Umschlagplatz für den russisch-chinesischen Warenverkehr.

SEITE 14 ***Feldjäger*** – russ. fel'd"eger'; Kurier der Regierung, des Zarenhofs.

SEITE 14 ***Diderot und Mercier de la Rivière*** – Der französische Philosoph und Schriftsteller Denis Diderot (1713–1784) begab sich von 1773 bis 1774 auf eine ausgedehnte Russlandreise. Katharina II. hatte den Philosophen bereits 1762 in ihr Land eingeladen, damit er dort seine Enzyklopädie vollende: Als Diderot die lange geplante Reise schließlich antreten konnte, war sein Hauptwerk jedoch bereits abgeschlossen. Nach Stationen in Den Haag, Haarlem, Amsterdam, Utrecht und Leiden reiste Diderot weiter über Duisburg, Hamm, Leipzig, Königsberg und Riga nach St. Petersburg, wo er fünf Monate blieb. Die Zarin, die sich von Diderot reformpolitische Impulse erhoffte, empfing den französischen

Gast zu täglichen Audienzen, bei denen gesellschaftliche, politische, juristische und wirtschaftliche Fragen erörtert wurden. Trotz einer ausgeprägten gegenseitigen Sympathie erschienen Katharina II. Diderots aufklärerische Ansätze zu radikal, und sie hielt an ihrer absoluten Macht fest.

Der Ökonom und Anhänger der Physiokratie (derzufolge allein die Landwirtschaft wertschöpfend ist) Pierre-Paul Le Mercier de La Rivière de Saint-Médard (1719–1801) war nach Erscheinen seiner von Denis Diderot in philosophischen Kreisen propagierten Schrift *L'Ordre naturel et essentiel des sociétés politiques* (1767) von Katharina II. als Berater in Fragen der Gesetzgebung nach Russland eingeladen worden. Da Mercier de la Rivière das Kaiserreich innerhalb von zwei Jahren reformieren wollte und dafür eine stattliche Entlohnung forderte, entspann sich ein Konflikt mit der Kaiserin, die sich nicht bevormunden lassen wollte. Mercier kehrte nach Frankreich zurück. Der Balzacsche Satz veranschaulicht in komprimierter Weise das damals omnipräsente Unbehagen gegenüber dem von Astolphe de Custine als »Reich der Furcht« bezeichneten Land. (s. Anm. S. 6)

SEITE 15 ***Lamartine*** – der frz. Lyriker, Schriftsteller und Politiker Alphonse de Lamartine (1790–1869) unternahm 1832/33 eine Orientreise, über die er 1835 seinen Bericht *Voyage en Orient* veröffentlichte.

SEITE 15 ***Victor Hugo*** – der berühmte frz. Schriftsteller, Politiker und Publizist Victor Hugo (1802–1885) unternahm zwischen 1838 und 1840 drei Reisen an den Rhein, die ihn bis in die Schweiz führten. 1841 veröffentlichte Hugo seine mit politischen Schlussfolgerungen angereicherten Reiseeindrücke, dt. 1842 *Der Rhein. Briefe an einen Freund.*

SEITE 15 ***Baron James de Rothschild*** – Jakob Mayer Rothschild (1792–1868), jüngster der fünf Rothschild-Brüder, Stammherr des Pariser Zweigs der Bankiersfamilie, 1822 von Kaiser Franz I. zum Freiherrn ernannt, seither: Baron James de Rothschild. 1817 Gründung des Pariser Bankhauses Rothschild & Frères. Investor, Eigner des französischen Chemin de fer du Nord. Balzac war Gast im Salon James de Rothschilds und seiner Frau Betty. Notorisch schreibt der Schriftsteller in der *Lettre sur Kiew* sowie in seinen Briefen »Rostchild« oder »Rostschild«; die richtige Schreibweise war ihm jedoch geläufig, wie seine Briefe an *Rothschild & Frères* belegen. Balzac, der beim Bankhaus Rothschild Schulden hatte, widmete dem Baron sein Werk *Un homme d'affaires* (1845, dt. *Skizze* eines *Geschäftsmannes*); Betty de Rothschild gewidmet ist *L'enfant maudit* (1831–1836, dt. *Das verstoßene Kind*).

SEITE 15 ***an den Grafen Ouvaroff*** – russ. Uvarov, Sergej Semënovič (1786–1855), Gelehrter und Staatsmann, seit 1846 Graf, von 1818–1855 Präsident der Akademie der Wissenschaften, 1833–1849 Minister für Volksbildung; Urheber der russischen Staatsformel *Orthodoxie, Autokratie, Volkstum.* Anlässlich des ersten Jahrestags von Goethes Tod hielt Uvarov am 22. März 1833 eine Rede in der Akademie der Wissenschaften zu St. Petersburg, dem Inhalt nach ein biographischer Essay, der später unter dem Titel *Lobpreis auf Goethe* veröffentlicht wurde. Der Text erschien 1845 in Paris in einem Sammelband mit Arbeiten Uvarovs unter dem

Titel *Notices sur Goethe* (*Esquisses politiques et littéraires par M. le Comte Ouvaroff*, Gide et Cie, 1848). Vermutlich war es diese Publikation, durch die Balzac Uvarovs Goethe-Rede zur Kenntnis nahm. Im Oktober 1847 schrieb er an Uvarov: »In Wirklichkeit glaube ich, dass der Verfasser des *Lobpreises auf Goethe* in mir seinen Kollegen sehen wollte.«

SEITE 15 ***Monsieur Kisseleff*** – russ. Kiselëv, Nikolaj Dmitrievič (1802–1869), russischer Diplomat, 1841–1854 Chef der russischen Mission in Paris.

SEITE 15 ***achthundert Meilen*** – eine französische Meile (*lieue*) entspricht etwa vier Kilometern.

SEITE 15 ***desk*** – Schreibpult oder Reisesekretär, im 19. Jahrhundert oft aus England stammend: »Unter den englischen Waren sind bekanntlich die *writing-desks* oder *travelling-writing-desks* eine der nützlichsten und bequemsten; es wird damit ebenfalls ein Verkehr betrieben, der ins Große geht.« (*Englische Miscellen*, Fünfter Band, Tübingen 1801).

SEITE 15/16 ***auf der vierten Seite der* Débats** – Tatsächlich heißt es auf Seite 4 der auflagenstarken Tageszeitung *Journal des Débats* am 5. September 1847: »Wenn man abends um 8 Uhr von Paris abfährt, kommt man am folgenden Abend um 8.15 Uhr in Köln an; dort übernachtet man und fährt um 5.30 Uhr morgens mit der Eisenbahn nach Hamm weiter; dort nimmt man um 11 Uhr morgens eine Kurier-Briefpost nach Hannover, wo man um 3 Uhr morgens eintrifft. Um 5 Uhr morgens fährt ab Hannover ein Zug über Braunschweig, Magdeburg und Potsdam nach Berlin, wo man nachmittags um 4.22 Uhr ankommt (gesetzt den Fall, man bricht am Montagabend von Paris auf, erreicht man Berlin also am Donnerstag um 4.22 Uhr)«.

SEITE 16 ***Chemin de fer du Nord*** – Die Compagnie des chemins de fer du Nord (NORD) verband Paris und Nordwestfrankreich mit Belgien und dem Ärmelkanal. Die erste Strecke führte 1846 von der heutigen Gare du Nord in Paris bis nach Dünkirchen. Die Privatbahn gehörte der Bank Rothschild & Frères in Paris sowie der Londoner Dependance Rothschild & Sons; der von Balzac erwähnte Baron James de Rothschild stand bis zu seinem Tod 1868 dem Unternehmen vor (s. Anm. S. 15). Balzac, einmal mehr in Geldnöten, hatte sich 1845 von Madame Hańska 130 000 Francs für den Erwerb eines Hauses samt Mobiliar erbeten. Als unverbesserlicher Spekulant ließ er sich jedoch dazu verleiten, die gesamte Summe im Zuge der Aufbruchsstimmung 1845/1846 in insgesamt 225 Aktien des Chemin de fer du Nord zu investieren, und ging damit ein erhebliches Risiko ein, da die Bank jederzeit weitere Nachzahlungsforderungen stellen konnte.

SEITE 16 ***zum Zeitpunkt der Niederschrift*** – In seinem Brief an seine Schwester Laure Surville vom Oktober 1847 schreibt Balzac, dass die Lücke zwischen Hamm und Hannover am 15. Oktober geschlossen sein würde. Dem Grafen Ouvaroff teilt er in einem Brief, ebenfalls vom Oktober 1847, mit, beide Lücken, auch die zwischen Myslowitz und Trzebinia, seien inzwischen geschlossen.

SEITE 17 ***milk auf Deutsch, liko auf Polnisch*** – Milch auf Deutsch, mleko auf Polnisch.

SEITE 17 ***Monsieur Kisseleff hatte mir in Paris von seiner Schwägerin, einer geborenen Potocka, erzählt*** – Sofija Stanislavovna

Kiselëva, geborene Potocka, war verheiratet mit dem ältesten Bruder des Diplomaten N.D. Kisëlev (s. Anm. S. 15), dem russischen General und Staatsmann Pavel Dmitrievič Kiselëv (1788–1872), seit 1839 Graf, 1837–1856 erster russischer Minister für Staatseigentum.

SEITE 17 ***Madame Olga Nariskin*** – russ. Ol'ga Stanislavovna Naryškina (1802–1861), wie ihre ältere Schwester Sofija Tochter des polnischen Magnaten Stanisław Potocki, war verheiratet mit dem russischen Militär Lev Aleksandrovič Naryškin (1785–1846). Olga Naryškina war für ihre Spielleidenschaft bekannt und besaß eine Villa in Homburg.

SEITE 19 ***einer Art Schneckenwagen*** – frz. *ces voitures du genre colimaçon* (dt. *Schnecke*). Plastische Formulierung Balzacs, der gebräuchlichen Bezeichnung *escargot* (dt. ebenfalls *Schnecke*) für einen leichten Einspänner ohne Verdeck nachempfunden. Ähnlich frei auch der humoristische *Flusskrebswagen* (frz. *voiture-écrevisse,* S. 22), der sich gleichsam im Krebsgang bewegt.

SEITE 19 — ***vierundzwanzig deutsche Meilen*** – die sogenannte deutsche oder preußische Meile entspricht etwa 7,5 Kilometern: Von Hamm nach Hannover waren es demnach rund 180 Kilometer.

SEITE 20 ***Mazillier und Petitpas oder Nathalie Fitzjames*** – Joseph Mazillier (1797–1868) war Tänzer und Choreograf. Er war als Ballettmeister sowohl an der Pariser Oper als in den Jahren 1851/52 auch in St. Petersburg tätig.

Vermutlich meint Balzac den französischen Tänzer und Choreografen Marius Petipa (1818–1910), der ab 1847 in St. Petersburg als Ballettmeister tätig war und bis zu seinem Tod in Russland lebte. Er gestaltete zahlreiche Choreografien am Bolschoi-Theater und am Mariinski-Theater in St. Petersburg und arbeitete eng mit den bedeutendsten Komponisten seiner Zeit wie etwa Pjotr Tschaikowski zusammen. In Petipas Choreografien spielte die Pantomime eine zentrale Rolle.

Nathalie Fitz-James (eigentlich Nathalie Fijan, 1817–?) war als Tänzerin und Sängerin an der Opéra de Paris engagiert und trat darüber hinaus an etlichen italienischen Häusern auf. Da sie anerkanntermaßen über ein gewisses dramatisches Talent verfügte, spezialisierte sie sich auf die mimisch anspruchsvolle, ansonsten aber stumme Tanzrolle der Fenella in der 1828 uraufgeführten Oper *La Muette de Portici* (*Die Stumme von Portici*) von Daniel-François-Esprit Auber.

SEITE 21 ***ministre*** – Vermutlich möchte Balzac die englische Form *minister* verwenden. Gemeint sein könnte der von 1846 bis 1852 die Regierungsgeschäfte führende Premierminister John Russell (1792–1878).

SEITE 21 ***Söhne Albions*** – Die Bezeichnung Albion, in der Antike als dichterischer Name für Großbritannien und im Besonderen für England benutzt, war in Frankreich im Zusammenhang des stehenden Ausdrucks *la perfide Albion* (perfides Albion) in der ersten Hälfte des 19. Jahrhunderts ebenso gebräuchlich wie eindeutig negativ konnotiert: Sie bezog sich auf die vermeintliche Hinterhältigkeit der britischen Außenpolitik. Nicht von ungefähr werden die englischen Passagiere im vorherigen Satz ironisch mit dem rücksichtslos die Weltmeere erobernden British Empire assoziiert. In einem zeitgenössischen deutschsprachigen Jahrbuch heißt es: »Alle Welt weiß, dass die Mode in England unbedingt fordert, dass man das feste Land besucht und die Hauptstädte Europas gesehen habe [...]. Die guten Söhne Albions sind auch im Geruche, des Sparens wegen auf Reisen zu gehen, doch sagt man ihnen dies nur aus Unkunde nach.« (*Jurendes Vaterländischer Pilger*, 1836, S. 60).

SEITE 21 ***vierundzwanzig Meilen*** – s. Anm. S. 19.

SEITE 22 ***zwölf Meilen pro Stunde*** – Balzac scheint erneut die französische Meile zu meinen, was selbst dann allerdings noch rund 48 Stundenkilometern entspräche. Die Kommentatoren der französischen Erstausgabe mutmaßen, es könne sich nur um einen Irrtum handeln, gemeint seien vermutlich *zwölf Kilometer pro Stunde*. Da Balzac jedoch ausschließlich in deutschen oder französischen Meilen rechnet, ist ein Schreibfehler hier eher unwahrscheinlich: Stattdessen könnte es sich um eine hyperbolische Formulierung handeln, die nicht beim Wort genommen werden will, sondern als Ausdruck grenzenloser Ungeduld zu deuten ist.

SEITE 23 ***ließ uns die drei Kutschhimmel durchstöbern*** – In den mit Sitzen versehenen Wagenverdecken der Postkutschen (impériales) wurde auch das Gepäck verstaut: »Auf dem Verdeck oder Kutschhimmel (impériale) ist die Sitzbank für den Conducteur und zwei Reisende, mit einem ledernen Plan (capotte flexible, auch bache, banne), hinter dieser Bank der flache Gepäckkasten (la vache) mit zwei Abtheilungen.« (*Über Posten und Post-Regale*, 1832).

Die französische Erstausgabe der *Lettre* (1927) weist an dieser Stelle einen Druck- oder Lesefehler auf (*le conducteur … nous livra les trois impériales à feuilleter*), den sämtliche weitere französische Ausgaben übernahmen. Erst der Einblick in Balzacs handschriftliches Manuskript klärt darüber auf, dass die Verdecke nicht durchblättert (*feuilleter*), sondern durchstöbert werden: Balzac hatte dafür den plastischen, aber leicht zu überlesenden Neologismus *fouilleter*, eine Kontraktion der Verben *feuilleter* und *fouiller*, erfunden.

SEITE 24 ***Sorauer Bahnhof*** – Sorau, Stadt in der Niederlausitz, seit 1815 zu Preußen gehörend (Provinz Brandenburg). Heute polnisch Żary.

SEITE 26 ***dem Tempo unserer Briefpost*** – Balzacs Vergleich mit der französischen Briefpost ist zutreffend: 1847 legte die *malle-poste* die knapp 500 Kilometer zwischen Paris und Genf in etwa 35 Stunden zurück, was gut 14 Kilometern pro Stunde entspricht. Die für deutsche Verhältnisse als besonders schnell geltenden Kurierpferde liegen mit zwei Meilen pro Stunde (ca. 15 Kilometer) nur unerheblich darüber.

SEITE 27 ***Anblick dieses Herrschers*** – Das frühere Fünffrankenstück (*pièce de cent sous*) aus massivem Silber war während der Regierungszeit des sogenannten Bürgerkönigs Louis-Philippe (1830–1848) mit dessen barhäuptigem resp. lorbeerbekränztem Abbild geprägt. In der politisch angespannten Lage wurde der erste Münzpräger entlassen, nachdem er absichtlich die I. hinter dem Namen des Königs (Louis-Philippe I.) unterschlagen hatte, um seine Treue zu den Bourbonen zum Ausdruck zu bringen.

SEITE 28 ***wie Koreff, Heine und Geheimrat Koelb*** – Der aus Breslau gebürtige David Ferdinand Koreff (1873–1851) praktizierte nach Studienende in Paris vor allem im Kreis der dort lebenden Deutschen und war selbst literarisch tätig. Zu seinem Freundeskreis zählten neben dem Maler Eugène Delacroix auch der Komponist Giacomo Meyerbeer und Schriftsteller wie Victor Hugo, Alfred de Musset oder Heinrich Heine, den er medizinisch betreute. Koreff war eine schillernde Gestalt, die sich neben der traditionellen Medizin eingehend mit dem Magnetismus beschäftigte und wichtige Verbindungen zwischen deutschen und französischen Literaten herstellte. Heine etwa hatte Koreff, der ebenfalls mit Astolphe de Custine (s. Anm. S. 6) bekannt war, 1821 im Salon Rahel van Varnhagens kennengelernt.

Bei dem von Balzac erwähnten *conseiller Koelb* könnte es sich um Gustav Kolb handeln, stellvertretender Chefredakteur der *Augsburger Allgemeinen Zeitung*, mit dem Heine in Paris zusammengetroffen war: Daraus entwickelte sich rasch eine regelmäßige Korrespondententätigkeit für das auflagenstarke liberale Blatt.

SEITE 28 ***in ernsten Fragen der Keramik*** – Als leidenschaftlicher Sammler trug Balzac ohne großen Sachverstand eine Unmenge von Trödel zusammen. Besonders stolz war er auf vermeintlich echte chinesische Seladon-Vasen (Keramik mit jadegrüner Glasur, 9.–15. Jh.). Die Listen der Schätze des alten Pons in seinem Roman *Le Cousin Pons* sind, so die Anmerkung in der Erstausgabe der *Lettre*, gleichzeitig Inventarlisten der Dinge, die Balzac in seinem Haus in der Rue Fortunée 14 hortete.

SEITE 29 ***Myslowitz! Krakau!*** – bei Balzac Mislowitz! Cracau!

SEITE 30 ***Terteifel*** – Balzacsche Verballhornung des deutschen Fluchs *Zum Teufel!* oder *Der Teufel!*, bei der allein die Aussprache imitiert wird.

SEITE 30 ***im Stile Arnals*** – Étienne Arnal (1794–1872) war zu Zeiten Balzacs als origineller Interpret komischer Rollen bekannt, nachdem er als Tragöde kaum reüssiert hatte. In *L'Entracte. Gazette des Salons et des Théâtres* heißt es am 25. September 1838: »Arnal braucht nur zu erscheinen, damit der ganze Saal in Gelächter ausbricht, und sobald er den Mund aufmacht, wälzen sich die Zuschauer auf den Bänken. Es ist unmöglich, auf natürlichere Weise komisch zu sein und auf geistreichere Weise dümmlich.«

SEITE 30 ***die Unwetter der Kammer*** – Seit geraumer Zeit trug sich Balzac mit dem Gedanken, als Abgeordneter an den turbulenten parlamentarischen Debatten (Unwetter) teilzunehmen, ja gar als Minister die Geschicke seines Landes mitzubestimmen. Nach der Revolution von 1830 vertrat er entschieden die Position der Legitimisten, die sich für die Kontinuität der Herrschaft der Bourbonen als legitime Macht von Gottes Gnaden aussprachen. Um die anvisierte Kandidatur zu unterstützen, verfasste Balzac die Broschüre *Enquête sur la politique des deux ministères*, die äußerst hart mit den ersten Monaten der Julimonarchie ins Gericht ging. 1831 bewarb er sich, allerdings erfolglos, in den Wahlkreisen von Fougères, Cambrai und Angoulême; ebenso erging es ihm bei seinen neuerlichen Versuchen 1832 und 1834 in Chinon.

SEITE 30 ***Gleiwitz*** – im 19. Jh. bedeutende Bergbau-, Hütten- und

Industriestadt in Oberschlesien; seit 1742 preußisch. Heute polnisch Gliwice.

SEITE 30 ***Myslowitz*** – bei Balzac Mislowitz; seinerzeit Marktflecken in Oberschlesien, seit 1742 preußisch; Stadtrechte 1862. 1847 war in Myslowitz der Übergangsbahnhof der Krakau-Oberschlesischen Eisenbahn (von Krakau) und der Oberschlesischen Eisenbahn (von Breslau). 1922 dem neu gegründeten polnischen Staat zugeschlagen. 1939 von der Wehrmacht besetzt und ins deutsche Reich eingegliedert. Seit 1945 wieder polnisch Mysłowice.

SEITE 29 ***Zwischen Gleiwitz und Krakau befindet sich die Grenze*** – die Grenze zwischen dem preußischen Schlesien und dem österreich-ungarischen Kronland *Königreich Galizien und Lodomerien* mit der Hauptstadt Lemberg.

SEITE 33 ***Radziwillow*** – polnisch Radziwiłłow, bei Balzac Radziviloff; ursprünglich im Besitz des polnischen Magnatengeschlechts der Radziwiłł; gehörte seit der 3. poln. Teilung 1795 zum Russischen Reich. Handwerk, Holz- und Getreidehandel. Mitte des 19. Jh. zählte die jüdische Gemeinde 3064 Mitglieder (59 Prozent der Gesamtbevölkerung). Heute ukrainisch Radywyliw.

SEITE 34 ***Ruhm des verblichenen Polen*** – In den drei polnischen Teilungen (1772, 1793, 1795) wurde Polen zerstückelt und unter Preußen, Österreich und Russland aufgeteilt. Der verbleibende Rest, das sogenannte Kongresspolen, wurde russisches Protektorat und büßte seine Autonomie Zug um Zug ein. Nach dem gescheiterten polnischen Aufstand gegen die russische Herrschaft 1830/1831 wurde Kongresspolen de facto Bestandteil des Russischen Reichs. Krakau war vor der Verlegung der polnischen

Hauptstadt nach Warschau 1596 glanzvolles Zentrum des Königreichs Polen gewesen. Von 1815 (Wiener Kongress) bis zum Krakauer Aufstand von 1846 stand Krakau unter dem gemeinsamen Protektorat von Preußen, Österreich und Russland. 1846 annektierte Österreich die sogenannte Republik Krakau mit Billigung der beiden anderen Großmächte.

SEITE 34 ***Monsieur de Choisy*** – Balzac spielt hier auf eine Begebenheit aus dem fünfjährigen Bürgerkrieg in Polen an, in dem die von Frankreich und Österreich unterstützte sogenannte Konföderation von Bar (polnische Kleinadlige) gegen die Königlich Polnische Armee und die Kaiserlich Russische Armee kämpfte. Der Konflikt endete 1772 mit dem Sieg der Russischen Allianz und mündete in die erste Teilung Polens. Der französische Brigadekommandeur Claude Gabriel, Marquis de Choisy (1723–?) hatte das Krakauer Schloss drei Monate lang mit seinen Truppen verteidigt, bevor er sich am 24. April 1772 den übermächtigen Russen geschlagen geben musste.

SEITE 34 ***die Krakauer Kirche*** – es handelt sich um die Königliche Basilika auf dem Wawelhügel, als Krönungs- und Begräbniskirche der polnischen Könige Nationalheiligtum der Polen.

SEITE 35 ***Battori, Koribut, Jagiellonen*** – poln. Báthory, Korybut; Báthory: ungar. Adelsgeschlecht. Stephan Báthory (1533–1586) wurde 1576 König von Polen und Großfürst von Litauen. Korybut: Der litauische Prinz Michał Korybut Wieśniowiecki (1640–1673) war von 1669 bis 1673 König von Polen und Großfürst von Litauen. Von den Korybut stammte sowohl die Herkunftsfamilie Madame Hańskas (Rzewuski) als auch die Familie ihres Schwiegersohns (Mniszech) ab. Jagiellonen: ursprünglich litauische Dynastie, aus der von 1386 bis 1572 die polnischen Könige und litauischen Großfürsten hervorgingen. Damit beherrschten die Jagiellonen vom 14. bis zum 16. Jh. den größten Staat Mitteleuropas und begründeten die auch in späteren Zeiten noch virulente Vorstellung eines Polen von der Ostsee bis zum Schwarzen Meer.

SEITE 35 ***Wieliczka*** – bei Balzac Vilitzka; polnische Stadt in der Nähe von Krakau, die im Mittelalter durch den Handel mit Salz aus den eigenen Salzminen wohlhabend wurde. Kam 1772 bei der 1. poln. Teilung zu Österreich. Salzbergwerk und Salzgrafenschloss von Wieliczka sind seit 1978 UNESCO-Weltkulturerbe.

SEITE 35 ***Polnisches Komitee in Paris*** – Anspielung auf den Krakauer Aufstand zur Wiederherstellung des geteilten polnischen Staates 1846, der von den österreichischen Truppen rasch niedergeschlagen wurde. Im Vorfeld des Aufstands hatte in der sogenannten Republik Krakau eine polnische Nationalregierung das Ruder übernommen, die vom Bürgertum und den Emigranten unterstützt wurde. Während des Konflikts wurden in Westgalizien zahlreiche Gutshäuser zerstört und Tausende polnische Gutsbesitzer umgebracht. Der Hunger und die Not in Galizien, die Balzac in der *Lettre* sowie in seiner Korrespondenz mehrfach erwähnt, waren eine Folge der blutigen Erhebungen.

Bereits nach dem gescheiterten Novemberaufstand 1830/1831, der die Unabhängigkeit Polens zum Ziel hatte, waren Zehntausende aus dem Land geflohen, und rund 5700 von 8500 dauerhaften Emigranten ließen sich in Frankreich nieder. 1831 wurde in Paris das liberale und republikanisch gesinnte Comité central français en faveur des Polonais gegründet, das sich fast ausschließlich aus Franzosen zusammensetzte, die sich um finanzielle Mittel für die Aufständischen bemühten und die eintreffenden Emigranten materiell unterstützten. Aus dem Comité central français gingen 1832 das – vermutlich von Balzac gemeinte – sogenannte Comité national de l'émigration polonaise und die Société démocratique de l'émigration hervor.

SEITE 37 ***Massaker wie das der Türken in Chios*** – 1822 verübten osmanische Soldaten ein Massaker an der Bevölkerung der griechischen Insel Chios, eine der schrecklichsten und bekanntesten Episoden des griechischen Freiheitskampfs; 25000 Menschen wurden getötet, 45000 Griechen als Sklaven verkauft. Das Schicksal der Chioten befeuerte philhellenische Leidenschaften in ganz Europa und führte zu einer breiten Unterstützung des griechischen Unabhängigkeitskriegs. 1824 verewigte Eugène Delacroix das Massaker von Chios auf einem Gemälde gleichen Titels. Das Massaker von Chios gilt als osmanische Vergeltung für das Massaker von Tripoli (Peloponnes), bei dem griechische Freiheitskämpfer 8000 Mann der osmanischen Festungsbesatzung abgeschlachtet hatten.

SEITE 37 ***eine Stadt, die zur Gänze einem Edelmann aus Wolhynien gehört*** – Brody, bedeutender Warenumschlagplatz im europäischen Ost-West- und Nord-Süd-Handel, war ursprünglich polnische Adelsstadt, d.h. die Einnahmen standen dem adligen Besitzer und nicht der Krone zu. Seit 1704 im Besitz der Potockis, 1833 Verkauf an Jan Młodecki, ging 1849 in den Besitz seines Sohnes Kazimierz über. Seit der 1. poln. Teilung 1772 zum

Habsburger Reich (Kronland Galizien) gehörend, Grenzstadt zu Russland und Zollstation. Aus vielen Erinnerungen und auch aus der Literatur geht hervor, dass Brody im 19. Jh. ein »Fluchtort osteuropäischer Juden« war, wie Börries Kuzmany in seinem Werk *Brody. Eine galizische Grenzstadt im langen 19. Jahrhundert.* schreibt. Heute ukrainisch Brody.

SEITE 37 ***Berditschew*** – bei Balzac Berditcheff; ursprünglich ein polnisches Schtetl, gelangte bei der 2. poln. Teilung 1793 zum Russischen Reich und wurde in der ersten Hälfte des 19. Jh. zum wichtigen Handels- und Bankenplatz des russischen Südostens. Die Bevölkerung wuchs um das Zwanzigfache, blieb aber mehrheitlich jüdisch. Die Stadt verlor ihre Bedeutung in der zweiten Hälfte des 19. Jh. an Kiew und Odessa. Heute ukrainisch Berdytschiw.

SEITE 37 ***Die Juden feierten eines ihrer größten Feste*** – Balzac erreichte Brody am Samstag, den 11. September 1847, um fünf Uhr morgens. Im September/Oktober werden die sogenannten Hohen Feiertage im Judentum begangen, zuerst das Neujahrsfest Rosch Haschana und zehn Tage später der höchste jüdische Feiertag Jom Kippur, der Versöhnungstag. Er gilt gläubigen Juden als strenger Ruhe-, Fasten- und Gebetstag. Einer Anmerkung in der russischen Übersetzung der *Lettre* zufolge fiel das jüdische Neujahrsfest 1847 auf den 11. September. (Onore de Bal'zak, *Pis'mo o Kieve.* Perevod Very Mil'činy. Pinakoteka, 2002, Nr. 13/14)

SEITE 38 ***gelbe Handschuhe*** – Unter dem Bürgerkönig Louis-Philippe trugen vornehme Herren und Adlige gelbe Handschuhe. Balzac verwendete den Begriff in seinen Romanen auch metonymisch: *un gant jaune* für einen Dandy oder Stutzer. Die gelben Handschuhe zählten zu den wichtigsten Insignien des Dandytums.

SEITE 38 ***Musiker wie Meyerbeer und Halévy, Sammler wie die Foulds*** – die jüdischen Komponisten Giacomo Meyerbeer (1791–1864) und Jacques Fromental Halévy (1799–1862). Halévy schuf seine Oper *Le Drapier* (1840, dt. *Der Tuchmacher*) nach einer Vorlage Balzacs, der wiederum unter dem Einfluss von Meyerbeers Oper *Robert le Diable* (1831, dt. *Robert der Teufel*) die Erzählung *Gambara* (1837) verfasste.

Bei den *Foulds* handelt es sich um eine jüdische Bankiersfamilie, die sich als Sammler von Antiken und orientalischer Kunst einen Namen machte und der Balzac u. a. in *La Maison Nucingen* (1837, dt. *Das Haus Nucingen*) ein literarisches Denkmal setzte. Achille Fould (1800–1867), der zusammen mit seinem älteren Bruder die Pariser Bank Fould, Oppenheim & Co. führte, fungierte bereits unter Louis-Philippe als finanzieller Berater, bevor er 1849 französischer Finanzminister wurde.

SEITE 38 ***Kaiser Franz II.*** – letzter Kaiser des Heiligen Römischen Reiches Deutscher Nation (1768–1835), zu dessen zahlreichen Titeln auch der allein aus historischen Gründen beibehaltene des *Königs von Jerusalem* zählte. Wie Börries von Kuzmany in seinem Werk *Brody. Eine galizische Grenzstadt im langen 19. Jahrhundert* anmerkt, wird diese Bemerkung sowohl Joseph II., Franz I. als auch Franz-Joseph zugeschrieben. Kuzmany schließt nicht aus, dass die Äußerung »einfach gut erfunden war«. (S. 274).

SEITE 38 ***mit ihren päpstlichen Kleidern aller Grade*** – Anspielung auf die traditionelle Kleidung chassidischer Ostjuden: voluminöse Kopfbedeckungen mit hohem Pelzrand, schwarze Kniebundhosen, weiße Strümpfe und lange schwarze Überröcke, der Kleidung polnischer Adliger des ausgehenden Mittelalters nachempfunden, wobei jede chassidische Richtung sich durch bestimmte Varianten von anderen Gruppierungen absetzte.

SEITE 39 ***Nikolajew*** – bei Balzac Nicolajeff; russ. Nikolaev, 1789 von Katharina II. nach der Eroberung der nordwestlichen Schwarzmeerküste von den Osmanen als Basis der russischen Schwarzmeerflotte 100 km östlich von Odessa gegründet; Schiffbau und Handel zogen jüdische Unternehmer an. Der russische Schriftsteller Isaak Babel (1894–1940), der seine Kindheit in der Stadt verbrachte, schilderte das Pogrom, das 1905 die erste russische Revolution in Nikolajew begleitete, in seiner Erzählung *Geschichte meines Taubenschlags*. Heute ukrainisch Mykolayiw.

SEITE 39 ***cœurs de choux*** – Im 19. Jh. kamen in Polen, Ungarn und Galizien bei jüdischen Frauen sogenannte *shterntikhl* (*schterntichl*) in Mode, voluminöse Kopfbedeckungen, die aus einem metallenen Unterbau bestanden, mit Samt bezogen sowie mit Perlen und Diamanten besetzt waren. Ein *shterntikhl* wies immer eine unbestickte oder unbesetzte Stelle auf (wie jedes Schmuckstück einer frommen Jüdin dieser Zeit), zur Erinnerung daran, dass es vollständiges Glück erst im wiedererstandenen Jerusalem geben könne. Zeitgenössische Porträts zeigen diese am Sabbat und zu Feiertagen getragene Kopfbedeckung mit zwei enormen runden Ausbuchtungen über der rechten und linken Stirnseite – ein Anblick, der Balzac offenbar an *cœurs de choux* erinnerte, an Kohlherzen, die damals, nicht immer nach jedermanns Geschmack, die Hüte der Pariserinnen zierten.

SEITE 39 ***der Waleski*** – poln. Walewski; polnisches Grafengeschlecht. Die mit Graf Anastasius Colonna-Walewicz-Walewski verheiratete Gräfin Maria Walewska (1786–1817) gebar Napoleon einen Sohn, Graf Alexandre Colonna-Walewski (1810–1868), der in Frankreich politische Karriere machte.

SEITE 40 ***der Gräfin Kisseleff*** – russ. Kiselëva, Sofija Stanislavovna (1801–1875), geborene Potocka (s. Anm. S. 17).

SEITE 40 ***der Fürstinnen Sangusko*** – poln. Sanguszko; polnisches Magnatengeschlecht mit litauischen Wurzeln, eng mit den Jagiellonen verwandt, besaß Güter und Schlösser vor allem in Wolhynien.

SEITE 40 ***Gräfin Thaddée Waleska*** – poln. vermutlich Tadea Walewska, nicht ermittelt. – Balzac besuchte Dresden zwei Mal: Das erste Mal im Oktober 1843 auf der Rückreise von St. Petersburg; das zweite Mal traf er sich dort im Mai 1845 mit Madame Hańska.

SEITE 40 ***Branicki, Hanski, Potocki, Sangusko, Czartorisky*** – Madame Hańska habe *par modestie*, aus Bescheidenheit, ihren Namen aus dieser Liste polnischer Adelsgeschlechter gestrichen, man habe das, *naturellement*, rückgängig gemacht, teilen die Anmerkungen der Erstausgabe der *Lettre* mit. Branicki: bedeutendes polnisches Geschlecht der Szlachta, d. h. dem Kleinadel angehörend, der prägend in Polens Geschichte und Kultur war. Hanski, poln. Hański: poln. Geschlecht der Szlachta, vermögend, große Besitzungen in Wolhynien. Potocki: einflussreiches polnisches Magnatengeschlecht, d.h. dem Hochadel angehörend, brachte Staatsmänner, Mäzene und Feldherren hervor, darunter Jan Potocki (1761–1815), Schriftsteller, Ethnograph und Gelehrter, Autor des berühmten Romans *Die Handschrift von Saragossa*. Sangusko: s. Anm. S. 40. Czartorisky: poln. Czartoryski, polnisch-litauisches Fürstengeschlecht, Besitzer einer bedeutenden Kunstsammlung, zu der als Prunkstück Leonardo da Vincis Gemälde *Die Dame mit dem Hermelin* gehörte. Das Bild wurde 1939 von den Deutschen beschlagnahmt; der von Hitler als Generalgouverneur über das besetzte Polen eingesetzte Hans Frank nahm es mit in sein Haus in Bayern, als er Anfang 1945 die Flucht ergriff. Amerikanische Militärs entdeckten das Raubgut, als sie Frank festnahmen, und sorgten dafür, dass *Die Dame mit dem Hermelin* nach Krakau zurückgebracht wurde. Fürst Konstanty Czartoryski war milit. Anführer des Novemberaufstands 1830/1831, der die Unabhängigkeit Polens wiederherstellen sollte. Nach der Niederschlagung des Aufstands ging die Familie wie viele Polen in die Emigration. Im Hôtel Lambert auf der Île Saint-Louis, dem Pariser Sitz der Czartoryskis, war Balzac häufig zu Gast.

SEITE 40 ***der legendären Griechin*** – Sophie (auch Zofia oder Sophia) Potocka (1760–1822), ihrerzeit eine der schönsten Frauen Europas mit legendenumwobener Biographie: aus einer einfachen griechischen Familie stammend, in Konstantinopel von den Eltern an den polnischen Gesandten verkauft, verheiratet mit Jòzef de Witte (1739–1814), einem polnischen General in russischen Diensten, später mit dem einflussreichen und märchenhaft reichen Grafen Stanisław Felix Potocki (1751 oder 1752–1805), der auf seinen Besitzungen in der Zentralukraine, in Uman, einen nach Sophia benannten Park anlegen ließ (heute Kulturdenkmal Sofijiwka-Garten). Legendär waren ihre erotischen Abenteuer und ihre Verschwendungssucht, angeblich war sie Spionin im Auftrag Katharinas II. Legendär war auch eine Kette aus einhundert Perlen, die Graf Potocki ihr schenkte. Ihre beiden Töchter Sophia (1801–1875) und Olga Potocka (1803–1861) heirateten russische Adlige (s. Anm. S. 17).

SEITE 41 ***Schatzkammer in Kiew*** – nicht eindeutig geklärt. Möglicherweise besuchte Balzac die Sakristei der Mariä-Himmelfahrtskathedrale (russ. Uspenskij sobor) des Kiewer Höhlenklosters, wo kostbare, oft mit Perlen besetzte Priestergewänder, Mitren und Ikonen-Einfassungen aufbewahrt wurden.

SEITE 41 ***savonnette à vilain*** – wörtlich in etwa *(Schmier-)Seife für den Nichtadligen.* Im Ancien Régime Bezeichnung für ein Amt oder Grundstück, mit dem ein Nichtadliger seine Nobilitierung erkaufen konnte.

SEITE 42 ***das Haus Nathanson*** – siehe dazu das Kapitel *Kreditinstitute* in: Börries Kuzmany, *Brody. Eine galizische Grenzstadt im langen 19. Jahrhundert*, S. 112–117.

SEITE 42 ***das Haus Halpérine*** – Halperin, russ. Gal'perin, in der ersten Hälfte des 19. Jh. großes Bankhaus in Berditschew. Der Inhaber Israel Halperin machte seine Autorität bei den russischen Behörden geltend, um das Los der Juden zu lindern. Als weltlicher Chassid glühender Verfechter des Zaddikismus und Kämpfer gegen die jüdische Aufklärung. Eine Intrige seiner ideologischen Gegner soll ihn an seinem Lebensende ins Gefängnis gebracht haben. Man nimmt an, dass sein Schicksal den aus Berditschew stammenden jiddischsprachigen Schriftsteller Pinkus Kaganovič (1884–1950, Pseudonym: Der Nister) zur Figur des Bankiers Moshe Mashber in seinem Roman *Di Mishpokhe Mashber* (1. Teil 1939, Moskau, 2. Teil 1948, New York) inspirierte (dt. Pinhas Kahanowitsch, genannt Der Nister, Das jiddische Epos *Die Brüder Maschber*).

SEITE 42 ***verlassen die Juden in Brody ihre Zeremonien nicht*** – s. Anm. S. 37.

SEITE 44 ***einen jüdischen Bankier aus Berditschew, den alten Halpérine*** – s. Anm. S 42.

SEITE 45 ***britschka*** – bei Balzac briska; russ. brička, leichtes, halboffenes Fahrzeug mit Verdeck, in der polnischen Variante mit Deichsel, geflochtenem Wagenkasten, Lederverdeck und innen ausgeschlagen.

SEITE 46 ***Dubno*** – ursprünglich polnische Stadt, seit der 3. poln. Teilung 1795 zu Russland gehörend, ca. 50 Kilometer von der österreichisch-russischen Grenze entfernt. Nikolaj Gogol' schildert 1835 die Belagerung Dubnos durch die Saporoger Kosaken in seinem Roman *Taras Bulba*; Dubno findet auch Erwähnung in Joseph Roths *Hiob. Roman eines einfachen Mannes* (1930). Heute ukrainisch Dubno.

SEITE 46 ***Shitomir*** – bei Balzac Gitomir; russ. Žitomir, eine der ältesten Städte der Kiewer Rus, seit 1569 polnische Messe- und Handelsstadt, katholischer und russisch-orthodoxer Bischofssitz, seit der 2. poln. Teilung 1793 zum Russischen Reich gehörend.

1804 wurde die Stadt Verwaltungszentrum des Gouvernements Wolhynien. Ende des 19. Jh. 66 000 Einwohner, 31 000 davon Juden. Heute ukrainisch Shytomyr.

SEITE 46 ***buda*** – bei Balzac bouda; russ. buda, im Süden Russlands verwendeter geschlossener Wagen zum Transport von Personen und Waren.

SEITE 47 ***Ich bin Janin*** – Mit dem Schriftsteller und Kritiker Jules Janin (1804–1874) lieferte sich Balzac heftige Gefechte in der frz. Presse. Ganz gleich, ob der Schweizer, der ihm im galizischen Brody seine Dienste anbot, wirklich Janin hieß: Balzac verpasste seinem Kombattanten damit einen Seitenhieb, der das intellektuelle Frankreich seiner Zeit amüsiert haben könnte.

SEITE 47 ***Neuchâtel*** – Balzac verwendet die hist. Schreibweise Neufchâtel.

SEITE 48 ***Monsieur de Fougères*** – nicht ermittelt.

SEITE 48 ***Wiesbaden*** – bei Balzac Wisbaden; in Wiesbaden war Balzac am 13. Oktober 1846 Trauzeuge bei der Hochzeit von Madame Hańskas Tochter Anna mit dem polnischen Grafen und Großgrundbesitzer Georges (Jerzy) Mniszech.

SEITE 49 ***das Schloss Przeworsk des Fürsten Henri Lubomirski*** – bei Balzac Prévolsk; hier dinierte Balzac am 10. September auf dem Weg nach Lemberg. Die polnische Stadt Przeworsk im Karpatenvorland, zuletzt im Besitz der einflussreichen Magnatenfamilie Lubomirski, die hier eines ihrer vielen Schlösser besaß, kam 1772 bei der 1. poln. Teilung zu Österreich (Kronland Galizien). Ab 1918 gehörte die Stadt zum neugegründeten polnischen Staat und ist auch heute polnisch. Das Lubomirski-Schloss ist erhalten und steht zur Besichtigung frei. Fürst Henri (Henryk) Lubomirski (1777–1850) übertrug 1823 seine kostbaren Sammlungen (Bibliothek, Archivalien etc.) dem Ossoliński-Nationalinstitut in Lemberg. Heute polnisch Przeworsk.

SEITE 49 ***spitze Kochkessel*** – spöttische Bezeichnung für die aus französischer Sicht gewöhnungsbedürftigen deutschen Helme mit Spitze, die ab 1843 in der preußischen Armee eingesetzt und später als Pickelhauben bekannt wurden.

SEITE 50 ***das Trugbild einer Verfassung und Nationalversammlung*** – Balzac nimmt das Vorgehen des preußischen Königs Friedrich-Wilhelm IV. aufs Korn, der am 3. Februar 1847 einen Vereinigten Landtag mit 617 Mitgliedern einberufen hatte, um scheinbar auf liberale Forderungen einzugehen. Auf der ersten Sitzung am 11. April machte der König jedoch unmissverständlich klar, dass die Machtbefugnisse des Königs nicht beschnitten würden, dass es keine Verfassung und keine wahre Volksvertretung geben würde. Die französische Presse kommentierte dieses Vorgehen kritisch, um so mehr, als Friedrich-Wilhelm IV. seine Aversion gegen die Demokratie mit einer offen antifranzösischen Haltung verband.

SEITE 50 ***Rheinabgeordnete*** – Die deutschen Provinzen entlang des Rheins waren nach den napoleonischen Befreiungskriegen unter preußische Verwaltung gelangt. Ihre Bewohner, die nachhaltig von den Ideen der Französischen Revolution geprägt, bürgerlich-fortschrittlich und überwiegend katholisch waren, empfanden sich oft als Musspreußen, die sich weder mit der preußischen Machtpolitik noch mit dem protestantischen adelstreuen Geist identifizieren konnten.

SEITE 50 ***Ritterorden*** – sarkastische Bezeichnung Balzacs für die preußische Aristokratie, wohl in Anspielung auf deren Rittergüter im Osten.

SEITE 50 ***Baden-Baden*** – bei Balzac Baden, die alte Form des Stadtnamens. Mit dem Aufkommen des Reisens in Europa entstand der Doppelname zur Unterscheidung von anderen Städten gleichen Namens (Baden bei Wien, Baden in der Schweiz). Schon im 19. Jh. war Baden-Baden geläufig, obwohl die Stadt ihren Doppelnamen offiziell erst 1931 erhielt.

SEITE 52 ***Jules de Rességuier*** – Jules de Rességuier (1788–1862), ein französischer Dichter, der vor allem durch seine beiden Gedichte *La jeune fille* und *Ne nous plaignons pas* bekannt wurde.

SEITE 53 ***Monsieur de Thémirazeff*** – russ. Timirjazev, Arkadij Semënovič (1790–1867), Geheimrat, Chef des Petersburger Zollbezirks, Senator.

SEITE 53 ***Le Thillay bei Véron*** – bei Balzac Tillay; Le Thillay ist eine zwanzig Kilometer nordöstlich von Paris gelegene Gemeinde im heutigen Département Val d'Oise. Der studierte Arzt Louis-Désiré Véron (1798–1867), der als Journalist und Operndirektor schon bald die Welt der Medizin gegen die der Literaten eintauschte, hatte als Herausgeber der Zeitschrift *Le Constitutionnel* zwischen März und Mai 1847 Balzacs Roman *Le Cousin Pons* (dt. *Vetter Pons*) als Fortsetzungsabdruck veröffentlicht. Véron besaß in Le Thillay ein Landhaus und war als großzügiger Gastgeber berühmt.

SEITE 54 ***Schildfisch*** – Der sogenannte Schildfisch (*Echeneis remora*; frz. *remora*), auch Ansauger oder Schildbauch genannt, heftet sich wie ein Schild an den Körper des schützenden Trägerfisches, dessen Futterreste und Hautparasiten er frisst. Gelegentlich wird er auch als Schiffshalter bezeichnet, da er in der antiken Vorstellung angeblich nicht nur seinen Wirt, sondern auch Schiffe abbremsen konnte. In dem französischen Fischnamen klingt die ursprüngliche lateinische Bedeutung für *remora* (Verzögerung, Hindernis) an.

SEITE 56 ***Suwaroff*** – russ. Suvorov, Aleksandr Vasil'evič (1730–1800), siegreicher russischer General, 1794 Feldmarschall, Verdienste im Russisch-Türkischen Krieg, auf der Krim, schlug den polnischen Aufstand 1794 nieder, siegte im Zweiten Koalitionskrieg 1799 in Norditalien an der Trebbia, kurz darauf bei Novi. Suvorov fiel kurz vor seinem Tod in Ungnade wegen Missachtung von Dienstvorschriften. Balzacs Aussage, der Feldmarschall sei vor Kummer gestorben, ist um der Pointe willen zu kurz geschlossen: Bereits Ende 1799 hatte Suvorov den Oberbefehl wegen Erkrankung abgegeben.

SEITE 56 ***Kaiser Paul*** – Zar Paul I. (1754–1801), Sohn Katharinas der Großen, von 1796–1801 auf dem Zarenthron, fiel einem Attentat zum Opfer.

SEITE 56 ***Ukas*** – bei Balzac oukase; russ. ukaz, nach dem Wörterbuch von Pavlovskij, Ausgabe 1879: Im alten Russland »ein schriftlicher, vom Zaren erlassener Befehl oder Erlass (resp. eine in seinem Namen von einer höheren Behörde erlassene Vorschrift, welche entweder an die Stelle schon bestehender Gesetze tritt oder zur Erläuterung dieser dient)«.

SEITE 58 ***von den Spaltungen innerhalb der orthodoxen Kirche*** – Nachdem Patriarch Nikon 1652 den russisch-orthodoxen Ritus reformiert hatte, bildeten sich Gemeinschaften, welche die Reformen (z. B. die Form des Kreuzes oder des Kreuzzeichens betreffend) ablehnten. 1667 wurden Gemeinschaften, aber auch Einzelpersonen, die die Reform verweigerten, aus der russisch-orthodoxen Kirche ausgeschlossen und mit Kirchenbann belegt. Man nannte sie Altgläubige, abwertend auch Raskolniki, d. h. Abtrünnige, Ketzer. Um sich der Verfolgung durch Kirche und Staat zu entziehen, zogen altgläubige Gemeinden in entlegene Gebiete des russischen Imperiums oder gingen ins Exil. Erst 1905 endete die Verfolgung der Altgläubigen. Nikolaj Leskovs Erzählung *Der versiegelte Engel* (1873) setzte einer Gemeinschaft von Altgläubigen ein bleibendes Denkmal. 2011 startete in Russland eine vielbeachtete Fernsehserie zur Geschichte der Kirchenspaltung, Regie: Nikolaj Dostal', Titel: *Raskol* (dt. *Die Spaltung*).

SEITE 58 ***den tschin verleihen*** – bei Balzac le tchin; russ. čin, die Rangklasse. 1722 wurden durch Erlass Peters I. vierzehn Rangklassen geschaffen, die für das russische Beamtentum im Wesentlichen bis 1917 in Kraft blieben. Ursprünglich sollte die Rangtabelle ein Ansporn im zivilen wie im militärischen Dienst sein, denn auch Nichtadlige konnten durch Erreichen eines hohen Ranges in den Adelsstand erhoben werden. (nach Peter Urban, Anton Čechov, Gesammelte Stücke, Zürich 2003, S. 890 f.) Der zweite der beiden Soldaten reagiert gleichmütig auf die Aussage des ersten, der liebe Gott sei offenbar »wankelmütig geworden«: Dann werde der Zar eben dem heiligen Nikolaus »den tschin« verleihen, d. h. ihn in den Rang Gottes befördern.

SEITE 59 ***Pairs oder Deputierte*** – Von 1814–1848 war die Chambre des Pairs das Oberhaus des französischen Parlaments, das darüber hinaus die Abgeordnetenkammer (Chambre des Députés) als Unterhaus umfasste. Der Pair von Frankreich entsprach dem höchsten französischen Adelsrang. (s. Anm. S. 6)

SEITE 59 ***fünfhundert Francs Steuern*** – Während der Pair direkt vom König ernannt wurde, konnte man nur dann zum Deputierten gewählt werden, wenn man jährlich mindestens 500 Francs Steuern zahlte. Vor der Julirevolution waren für die Wählbarkeit sogar 1000 Francs Steuern erforderlich.

SEITE 59 ***podoroshna*** – bei Balzac podroznia; russ. podorožna, der Reiseschein, die Anweisung zum Fahren mit Postpferden.

SEITE 60 ***General Bibikoff*** – russ. Bibikov, Dmitrij Gavrilovič (1792–1870), russischer Staatsmann, von 1837 bis 1852 Generalgouverneur der südwestlichen Gouvernements Kiew, Podolien und Wolhynien. Bibikov betrieb eine rücksichtslose Russifizierung der Ukraine. Nikolaj Leskov schrieb in seinen *Kiewer Berichten,* Bibikovs Herrschaft schmecke »nach sinnlos grober und roher unumschränkter Gewalt«. Von 1852–1855 tat sich Bibikov als Innenminister bei der Verfolgung von Altgläubigen und Juden hervor.

SEITE 60 ***kibitka*** – bei Balzac kitbitka; russ. kibitka, Fuhrwerk (oder Reiseschlitten) mit Verdeck.

SEITE 61 ***Gonesse*** – Kleinstadt im Département Val d'Oise, sechzehn Kilometer nordöstlich von Paris.

SEITE 61 ***beim Schütteltanz der Shaker*** – ritueller Tanz der amerikanischen freikirchlichen Glaubensgemeinschaften der Shaker (dt. Schüttler).

SEITE 63 ***Von Dubno bis Annopol*** – Es kann sich nicht um die westlich von Dubno gelegene polnische Kleinstadt Annopol handeln, die ab 1815 zu Kongresspolen gehörte. Es muss sich um eines der beiden ukrainischen Dörfer gleichen Namens im Bezirk Shitomir handeln, die damals zu Russland gehörten. Heute ukrainisch Hannopil.

SEITE 64 ***etwa zwanzig unserer Morgen Land*** – Das französische Flächenmaß *arpent* entsprach in etwa einem Morgen (= etwa 2 000 bis 5 000 m2). Ebenso wie der Morgen variierte auch der französische *arpent* je nach Region beträchtlich. Bei Balzac kommen vor allem der *arpent de Paris* (ca. 3 418 m^2) und der *arpent commun de la France* (ca. 4 222 m^2) vor.

SEITE 65 ***Kann man da nicht mit Jan Hus sagen*** – Jan Hus (um 1370–1415), böhmischer Reformator, starb während des Konstanzer Konzils (1414–1418) auf dem Scheiterhaufen. »O, sancta simplicitas!« soll er der Legende nach ausgerufen haben, als eine alte Frau Reisigbündel ins Feuer warf, damit es besser brenne. Das ausschweifende Leben der Konzilteilnehmer machte Balzac zum Thema seiner Erzählung *Die schöne Imperia* in den *Tolldreisten Geschichten*. Der Bildhauer Peter Lenk errichtete 1993 Balzacs *Imperia* ein weithin sichtbares Denkmal im Konstanzer Hafen.

SEITE 67 ***Beauce*** – fruchtbare französische Landschaft im Südosten von Paris, die sich vor allem über die heutigen Départements Eure-et-Loire (Präfekturhauptstadt Chartres) und Loir-et-Cher (Präfekturhauptstadt Blois) erstreckt. In den weiten Ebenen der Beauce wird vorwiegend Weizen angebaut, weshalb sie gern als »Kornkammer von Paris« bezeichnet wurde.

SEITE 68 ***die genau wie ihre Schwester Brody den Radziwill gehört*** – Hier irrt Balzac, denn Brody gehörte dem polnischen Adligen Kazimierz Młodecki, während Berditschew im Besitz der Radziwiłł war.

SEITE 69 ***Fürst von Warschau*** – Paskevič, Ivan Fëdorovič (1782–1856), russ. Marschall, übernahm 1831 den Oberbefehl gegen die poln. Aufständischen, erhielt nach dem Fall von Warschau den Titel *Fürst von Warschau* und wurde Statthalter von Polen. Paskevič setzte die Russifizierung Polens ins Werk.

SEITE 69 ***Wierzchownia*** – schlossartiger Landsitz der Gräfin Ewelina Hańska, Ende des 18./Anfang des 19. Jh. im Empirestil von Wacław Hański, Ewelinas späterem Ehemann, nach Plänen des frz. Architekten Blériot (?) erbaut. Das Schloss und die Nebengebäude sind erhalten und werden seit 1922 von einer Landwirtschaftsschule genutzt. Heute ukrainisch Werchiwnja.

SEITE 70 ***eine Coopersche Prärie*** – Anspielung auf die Romane des amerikanischen Schriftstellers James Fenimore Cooper (1789–1851), die von der Erschließung des amerikanischen Westens handeln und die Balzac schätzte. Band 3 des fünfbändigen *Lederstrumpf*-Zyklus trägt den Titel *Die Prärie* (erschienen 1827). Geologisch gesehen sind Prärie und Pampa die transatlantischen Schwestern der eurasischen Steppe, zu der das fruchtbare Land der Ukraine gehört.

SEITE 70 ***fünfzig Fuß*** – Irrtum oder Übertreibung Balzacs; bei dem alten frz. Längenmaß *pied* (32,48 cm, dt. Fuß) entspräche das einer Tiefe der Humusschicht von über 16 Metern. Tatsächlich ist die Humusschicht in diesem Gebiet der Ukraine bis zu 1,20 Meter tief.

Anmerkungen zu den Briefen

SEITE 73 ***der junge Graf und die junge Gräfin*** – Graf Georges (Jerzy) Mniszech und Madame Hańskas Tochter Anna, verheiratet seit 1846.

SEITE 73 ***Seelen*** – In Russland wurden leibeigene Bauern als *Seelen* bezeichnet und gezählt. Von kriminellen Geschäften mit der Anzahl verstorbener Seelen handelt Nikolaj Gogols Roman *Die toten Seelen* (1842).

SEITE 74 ***Carcel-Lampe*** – auch Uhrwerk-Lampe, konstruiert von dem Pariser Uhrmacher Bertrand Carcel (1740–1812), mit einem uhrwerkähnlichen Mechanismus im Lampenfuß, der das Öl in den Brenner pumpte. Wegen ihres hohen Preises waren Carcel-Lampen nur in sehr wohlhabenden Häusern zu finden und setzten sich auch wegen ihrer Reparaturanfälligkeit nicht durch.

SEITE 74 ***die für Deinen Mann bestimmt sind*** – Balzacs Schwester Laure (1800–1871) heiratete 1820 den Ingenieur Eugène Surville (1790–1867), dessen glücklose Projekte, etwa der nicht realisierte Plan eines Kanals von Orléans nach Nantes, viel Geld verschlangen und ihn ins Schuldgefängnis brachten. An dem Kanalprojekt war Balzac beteiligt.

SEITE 74 ***Die beiden Grafen Mniszech*** – Georges (Jerzy) Mniszech (1822–1881) und sein Bruder André (Andrzej) Mniszech (1824–1905), polnische Magnaten und Großgrundbesitzer.

Georges Mniszech heiratete 1846 in Wiesbaden Ewelina Hańskas Tochter Anna. Er begeisterte sich für Entomologie, sein Bruder André sammelte Kunst und malte.

SEITE 75 ***nur noch eine Lücke von wenigen Meilen*** – die Lücke im Eisenbahnnetz zwischen Myslowitz und Trzebinia (Richtung Krakau) wurde am 13. Oktober 1847, die zwischen Hamm und Hannover am 15. Oktober 1847 geschlossen.

SEITE 75 ***15 Zoll*** – Der Zoll (vom mittelhochdeutschen *zol* für abgeschnittenes Stück Ast, Klotz, Zapfen), auch Daumenbreit (frz. *pouce*), entspricht in etwa 2,54 cm. Die erwähnten Eichenstämme hätten demnach einen Durchmesser von knapp 38 bzw. rund 25 cm.

SEITE 75 ***Fuß*** – s. Anm. zur *Lettre,* S. 70.

SEITE 77 ***mushiks*** – bei Balzac mougicks; russ. mužik, Pl. mužiki. dt. der Bauer, der gemeine Mann.

SEITE 78 ***neue Einzahlungen*** – Die Aktionäre des *Chemin de fer du Nord* mussten in unregelmäßigen Abständen Nachzahlungsforderungen entsprechen. Tatsächlich sollte eine solche Forderung Balzac im Januar 1848 trotz ungünstiger klimatischer Bedingungen unvermittelt zur Rückreise zwingen (s. Anm. zur *Lettre,* S. 6). Auf die Euphorie der anfänglich rasch steigenden Aktien – der Ausgabepreis betrug 1845 zunächst 500 Francs und stieg im Folgejahr auf 757 Francs, bis er Anfang 1848 unter 300 Francs fiel – folgte die Ernüchterung der Spekulanten: Der veritable Börsencrash, der 1847 Frankreich erschütterte, war einer der Auslöser der Februarrevolution von 1848, die der Herrschaft des Bürgerkönigs Louis-Philippe ein Ende setzte.

SEITE 79 ***da wir auf die Krim reisen möchten, in den Kaukasus und bis nach Tiflis*** – Reisepläne, die nicht realisiert wurden.

SEITE 79 ***und richtet dort gründlich ihre Verwüstungen an*** – Die offizielle Statistik verzeichnete im Jahr 1847 für Kiew 1680 an Cholera Erkrankte, von denen 990 starben. (Angaben nach L. Grossman, *Bal'zac v Rossii*, Literaturnoe Nasledstvo 31–32, Jourgaz, Moskau 1937, S. 268)

SEITE 79 ***Zollverein*** – 1834 schlossen sich im Deutschen Zollverein mehrere Staaten des Deutschen Bundes zu einem einheitlichen Binnenmarkt zusammen, der erstmals stabile Verhältnisse in der Handelspolitik schuf. Die Investitionsbereitschaft der Unternehmer wuchs, zumal die neue Zollpolitik den Eisenbahnausbau beschleunigte, das Transportvolumen erhöhte und damit die Transportkosten spürbar senkte. Krakau und Straßburg lagen zwar knapp außerhalb des Deutschen Zollvereins, nicht aber die zwischen beiden Städten verlaufende Eisenbahnstrecke, die sich Balzac erhoffte.

SEITE 80 ***Probleme mit einem Zimmermann*** – Anspielung auf den Pariser Unternehmer Lassare, der noch im Vorjahr als aussichtsreicher Anwärter auf Balzacs Nichte gegolten hatte. Am 12. Juli 1846 schrieb Balzac an Madame Hańska: »Wir haben für Sophie den Phönix der Ehemänner gefunden (...). Er ist reich, er vergöttert Sophie; aber er ist auch ein wichtiger Unternehmer für Bauholz, der Ländereien, Häuser und Kapitalien besitzt.« (s. auch Brief 47–69 des 2017 erschienenen III. Bands der Correspondance Balzacs in der Pléiade-Ausgabe.)

SEITE 81 ***Gustave Silbermann*** – der Straßburger Drucker und Verleger Gustave Silbermann (1801–1876) war, wie Georges Mniszech, begeisterter Amateurentomologe.

SEITE 81 ***den Brief meines lieben Gastgebers*** – die Rede ist von Georges Mniszech, Madame Hańskas Schwiegersohn.

SEITE 81 ***Taurien*** – alter, vom gr. tauris abgeleiteter Name für die Halbinsel Krim, der von Katharina II. wiederbelebt wurde, indem sie die 1783 annektierte Krim und die angrenzenden südrussischen Gebiete *Taurisches Gouvernement*, russ. *Tavričeskaja Gubernija* nannte.

SEITE 83 ***An den Grafen Ouvaroff*** – s. Anm. zur *Lettre*, S. 15.

SEITE 83 ***Ich kehre aus Kiew zurück*** – Während seines ersten Aufenthalts in Wierzchownia 1847/1848 besuchte Balzac Kiew im Oktober 1847; während seines zweiten Aufenthalts 1848–1850 war er im Mai 1849 sowie im Januar–Februar 1950 in Kiew. Man geht davon aus, dass er auch noch einmal im April 1950, kurz vor der Abreise nach Paris, zur Regelung von Pass- und Visaangelegenheiten nach Kiew fuhr.

SEITE 83 ***Verfasser des Lobpreises auf Goethe*** – s. Anm. zur *Lettre*, S. 15.

SEITE 83 ***Dragomane*** – Ein Dragoman (frz. *drogman*) ist ein der Sprache mächtiger Reiseführer oder Dolmetscher im Nahen Osten. Im 19. Jahrhundert bezeichnete der Begriff speziell einen für diplomatische Belange zuständigen Dolmetscher, bei Balzac fungiert der Dragoman eher als Gewährsperson und Türöffner.

SEITE 83 ***Monsieur de Kisseleff*** – s. Anm. zur *Lettre*, S. 15.

SEITE 84 ***Junge werfen*** – Im Französischen heißt es: »J'ai peur qu'ils ne fassent des petits.« Möglicherweise eine vorausschauende Anspielung Balzacs auf die neuen Nationen, die seines Erachtens aus den bereits gärenden, schon ein Jahr später Wirklichkeit gewordenen revolutionären Umwälzungen hervorgehen könnten. (s. Brief 47–71 des 2017 erschienenen III. Bands der Pléidade-Ausgabe der Correspondance Balzacs.)

SEITE 84 ***seit dem fatalen Jahr 1812*** – Anspielung auf die traumatische Wirkung des napoleonischen Russlandfeldzugs, der mit dem berühmten militärischen Debakel an der Beresina endete.

SEITE 84 ***so wie Potemkin einst die Krim für Katharina die Große besiedelte*** – Anspielung auf die Legende, der Feldherr, Staatsmann und Günstling der Kaiserin Fürst Grigorij Aleksandrovič Potëmkin habe Katharina 1787 auf dem Weg in den neu eroberten Süden (Neu-Russland) mit Attrappen schöner Dörfer entlang der Strecke ein blühendes Land vorgegaukelt.

SEITE 85 ***in Bezug auf Fünffrankenstücke*** – Anspielung auf die politische Brisanz der mit dem Abbild des von Balzac ungeliebten Bürgerkönigs Louis-Philippe I. gezierten Münze.

SEITE 86 ***Michel Iouzefovitch*** – russ. Juzefovič, Michail Vladimirovič (1802–1889), Grundbesitzer, Teilnehmer am Feldzug gegen die Türken, was ihm eine Erwähnung in Aleksandr Puškins *Reise nach Arzrum während des Feldzugs im Jahre 1829* eintrug. Vorkämpfer für ein russifiziertes Bildungswesen in der Ukraine, Vorsitzender der Kiewer Archäographischen Kommission, Mitglied der Kaiserlichen Geographischen Gesellschaft sowie der Kopenhagener Königlichen Gesellschaft für nordische Altertumskunde.

SEITE 86 ***die reizenden Ansichten von Kiew*** – Es handelte sich um eine Mappe mit Lithographien: *Ansichten von Kiew*, herausgegeben von I. Laufer, 1. Heft, Kiew 1846. (Angaben nach L. Grossman, S. 259)

SEITE 86 ***Palais Funduklei*** – russ. Funduklej, Ivan Ivanovič (1804–1880), russischer Staatsmann aus wohlhabender griechischstämmiger Familie in Odessa. 1839–1852 Zivilgouverneur in Kiew. Leidenschaftlicher Altertumsforscher, veröffentlichte Arbeiten über seine archäologischen Ausgrabungen.

SEITE 88 ***Eismeer*** – Archangelsk liegt am Weißen Meer.

SEITE 89 ***Marché Saint-Laurent*** – An der Stelle des früheren *Enclos Saint Laurent* in Paris entstand im heutigen 10. Arrondissement unweit der Gare de l'Est 1835 der überdachte Marché Saint-Laurent für Nahrungsmittel. Die Markthalle wurde im Zuge der Haussmannschen Bauarbeiten für den Boulevard de Strasbourg bereits 1852 wieder abgerissen; heute steht an ihrer Stelle der Marché Saint-Quentin.

SEITE 89 ***folwarok*** – bei Balzac follwark; russ. fol'varok, auch: fol'verok, offenbar eine Verballhornung des dt. Begriffs *Vorwerk*, der urspr. ein vor der Festung gelegenes Befestigungswerk bezeichnet. Für fol'varok bietet Pavlovskijs Wörterbuch von 1879 folgende deutsche Begriffe an: Vorwerk, Meierei, Farm, kleines Landgut.

SEITE 89 ***Schritt*** – Ein Fuß maß 32,48 cm; der Zoll (s. Anm. S. 75) war in etwa der zwölfte Teil eines Fußes. Ein Schritt wiederum entsprach etwa zweieinhalb Fuß, also ca. 75 cm.

SEITE 89 ***der selige Monsieur Hanski*** – Wenceslas (Wacław) Hański, polnischer Adliger der Szlachta, d.h. des Kleinadels, und Großgrundbesitzer (1782–1841), Besitzer des Landguts Wierzchownia, heiratete 1819 die junge Gräfin Ewelina Rzewuska, die noch zu Lebzeiten des deutlich älteren Hański ein Verhältnis mit Balzac begann.

SEITE 89 ***besitzt in Wolhynien ein Schloss*** – Das im Gebiet Tarnopol gelegene riesige Schloss Wiśniowiec, in der heute rekonstruierten äußeren Form 1720 erbaut, kam in der 2. Hälfte des 18. Jh. in den Besitz der polnischen Magnatenfamilie Mniszech. Der letzte Besitzer aus diesem Geschlecht, André (Andrzej) Mniszech, verkaufte es 1852 und ging unter Mitnahme der bedeutendsten Kostbarkeiten der Familiensammlung (Bibliothek, Gemälde) nach Paris. Wechselnde Besitzer – bis 1917 waren es zehn – wirtschafteten das Schloss herunter. Die verbliebene Sammlung wurde in alle Winde zerstreut, das Schloss in den beiden Weltkriegen fast vollständig zerstört. Nach dem Zweiten Weltkrieg wurde Wiśniowiec äußerlich wiederhergestellt und als Kulturhaus, Bibliothek und Gewerbeschule genutzt. Ab 2007 Rekonstruktion auch der Innenräume. Heute ukrainisch Wyschniwez.

SEITE 90 ***die Herrlichkeiten der Lawra und die Hagia Sophia der Steppen*** – Balzac sah das Kiewer Höhlenkloster (russ. Pečerskaja Lavra), eines der ältesten russisch-orthodoxen Klöster der Kiewer Rus. Der Komplex umfasst 70 Gebäude: Kirchen, Klöster und Museen. In den namensgebenden Höhlen lebten Mönche; die Höhlen dienten auch als Begräbnisort. Nach der Sowjetzeit, in der die Lawra als Museum geführt wurde, erhielt die orthodoxe Kirche Teilbereiche zurück. Heute präsentiert das *Museum der* *historischen Schätze der Ukraine* innerhalb des Klosterkomplexes u.a. wertvolle Goldarbeiten aus der Skythenzeit. Die nach dem Vorbild der Hagia Sophia in Konstantinopel im 11. Jh. erbaute Sophienkathedrale ließ Peter der Große nach einem Brand in barocker Pracht wieder aufbauen. Wie die Lawra gehört die Sophienkathedrale seit 1990 zum UNESCO-Weltkulturerbe.

SEITE 91 ***einen ausgezeichneten Arzt*** – den deutschen Doktor Adolph Knothe.

SEITE 92 ***Ansichten von Kiew, die von einem Deutschen stammen*** – s. Anm. S. 86.

SEITE 92 ***das kleine Haus in der Rue Fortunée*** – Balzac hatte 1846 das von dem Bankier Nicolas Beaujon (1718–1786) erbaute Haus erworben, von dem Architekten Santi ausbauen lassen und war dabei, die Einrichtung so luxuriös wie möglich zu gestalten. De facto gehörte das Haus Madame Hańska, die den Ankauf sowie die Ausgaben für den Innenausbau und die Einrichtung bezahlt hatte. Als Théophile Gautier den todkranken Balzac im Sommer 1850 besuchte, äußerte er die Vermutung, nach der Ausstattung des Hauses zu urteilen müsse Balzac Millionär sein. Balzac antwortete darauf, ihm gehöre nichts, er sei nur der »Wächter und Portier« des Hauses.

SEITE 92 ***die Verbindung zwischen dem Ethnographen und Monsieur Chevallier*** – Mit dem *Ethnographen* ist (aus Gründen, die selbst die Herausgeber des 2017 erschienenen III. Bands der Pléiade-Ausgabe der Correspondance Balzacs nicht ermitteln konnten, s. dort Brief 47–74) Balzacs Schwager, der Ingenieur Eugène Surville (1790–1866, mit vollem Namen Eugène Midi de la Greneraye), gemeint (s. Anm. S. 74). *Monsieur Chevallier*, eventuell der Physiker Jean-Gabriel-Augustin Chevallier (1778–1848) oder aber dessen Sohn, Charles Victorin Réaumur Chevallier (1810–1873), der wie Eugène Surville an der École Polytechnique studiert hatte.

SEITE 93 ***ob Surville Aufträge für Brücken hat*** – Eugène Surville, Ehemann von Balzacs Schwester Laure, war Ingenieur für Brücken- und Straßenbau.

SEITE 93 ***M. S.*** – Es handelt sich möglicherweise um den Architekten Santi, den Balzac mit dem Ausbau des Hauses in der Rue Fortunée 14 beauftragt hatte, eventuell aber auch um Hippolyte Souverain (1803–1880), Balzacs Verleger. Der Balzac-Forscher W. S. Hastings kam allerdings zu der Ansicht, bei dem zweiten Buchstaben handele es sich nicht um ein S, sondern um ein G für Gavault.

SEITE 94 ***Monsieur Santi*** – s. Anm. S. 93.

SEITE 95 ***Monsieur Gavault*** – Sylvain Gavault, dem Balzac freundschaftlich verbunden war, fungierte in Paris als Sachwalter (*avoué*) des Schriftstellers (s. Anm. S. 93).

SEITE 95 ***Ich habe in Frankfurt und Mainz geschäftlich zu tun*** – Balzac reiste über Frankfurt, wo er 1847 beim Wäschehaus Doctor Bettwäsche für sein neues Haus bestellt hatte. Die Betttücher erwiesen sich jedoch als zu kurz, und Balzac ließ sie später in Paris abholen, um sie umzutauschen. Im Anschluss an Frankfurt fuhr Balzac nach Mainz, um seine Schulden bei dem dortigen Antiquitätenhändler Schwab zu begleichen.

Noten zum Nachwort

1 Siehe Anm. zur *Lettre sur Kiew*, S. 6.

2 In der Ausgabe vom 4. September 1847 hatte Bertin seine Leser von Balzacs Abreise informiert: »Unser berühmter Romancier Monsieur de Balzac ist soeben nach Kiew aufgebrochen. Über Galizien, Podolien usw. reist er in das südliche Russland. Monsieur de Balzac wird Länder durchqueren müssen, die nur selten von westlichen Reisenden besucht werden, doch dabei wird ihm sein allenthalben berühmter Name vorauseilen.«

3 Mit welch harten Bandagen im journalistischen Alltagsgeschäft gekämpft wurde, liest man in seiner Romantrilogie *Verlorene Illusionen*: den Zynismus, die Korruption und die schändlichen Winkelzüge der Pariser Presse konnte nur ein Insider wie Balzac so detailliert beschreiben. (Siehe auch Roland Chollet, *Balzac journaliste. Le tournant de 1830*. Paris 1983).

4 Sollte der seit Jahrzehnten in Vorbereitung befindliche dritte und letzte Band der *Œuvres diverses* in der maßgeblichen Pléiade-Ausgabe endlich erscheinen (Band zwei kam 1996 heraus), wird er nach Aussage des Balzac-Spezialisten Hervé Yon mit Sicherheit auch die *Lettre sur Kiew* enthalten.

5 Zitiert aus der Vorrede von Wilhelm Weigand. In: *Balzacs Briefe an die Fremde*. Übertragen von Eugenie Faber, 2 Bde. Leipzig 1911.

6 Im selben Jahr weist der Autor kompromittierenden Liebesbriefen adliger Damen eine entscheidende Rolle in *La dernière incar-*

nation de Vautrin (*Vautrins letzte Wandlung*), dem Schlussstein seines Roman-Vierteilers *Splendeurs et misères des courtisanes* (*Glanz und Elend der Kurtisanen*) zu.

7 Der französische Schauspieler Gérard Depardieu, dessen Vita durchaus Balzacsche Züge aufweist und der Balzac 2009 in dem Kinofilm *Balzac. Ein Leben voller Leidenschaft* verkörperte, erhielt 2013 von Präsident Wladimir Putin die russische Staatsbürgerschaft.

8 *Balzacs Briefe an die Fremde*, Bd. 2, 9. April 1842, S 103.

9 *Balzacs Briefe an die Fremde*, Bd. 2, 8. November 1844, S. 457. Offenbar spielt Balzac auf das seit 1550 in Frankreich verbreitete Kinderlied *Si le Roy m'avait donné* an, in dem es sinngemäß heißt: Selbst wenn der König, Henri IV, mir seine Stadt Paris geben wollte und ich dafür meine Geliebte verlassen müsste, würde ich ihm eher seine Stadt zurückgeben, als auf meine Geliebte zu verzichten.

10 *Balzacs Briefe an die Fremde*, Bd. 2, 16. Dez. 1844, S. 463 f.

11 *Balzacs Briefe an die Fremde*, Bd. 2, 7. März 1844, S. 367.

12 Das Verhältnis zu Ewelina Hańska zeitigte zahlreiche Anspielungen und Spuren in Balzacs Werk, wo seit ihrer Bekanntschaft russische Fürsten, Wölfe und Schneestürme Erwähnung und im Falle des polnischen Künstlers Steinbock in *La Cousine Bette* (*Tante Lisbeth*) sogar eine tragende, wenn auch wenig schmeichelhafte Rolle finden. War es ein Seitenhieb auf den Ehegatten der Hańska, dass Balzac dem unsoliden Künstler dessen französisierten Vornamen Wenceslas (von Wacław) gab? Der gefährliche Kasus eines dem Grafen Hański in die Hände

gefallenen Liebesbriefs des Schriftstellers fand samt der durchsichtigen Ausrede, es habe sich um eine literarische Probe des Genres gehandelt, Eingang in den 1837 erschienenen ersten Teil seines Romans *Les Illusions perdues* (*Verlorene Illusionen*).

13 *Balzacs Briefe an die Fremde*, Bd. 1, 1. März 1835, S. 209.

14 *Balzacs Briefe an die Fremde*, Bd. 1, 30. März 1835, S. 216.

15 Im März 1841 hing das Bild offenbar in Balzacs Schreibkabinett: »Vor meinem Blick steht das Gelobte Land: der Balkon, die Ecke des Hauses und das Arbeitszimmer.« *Balzacs Briefe an die Fremde*, Bd. 2, März 1841, S. 62.

16 Gebäulichkeiten – so in der deutschen Übersetzung.

17 *Balzacs Briefe an die Fremde*, Bd. 2, 16. Dez. 1840, S. 59 f.

18 *Balzacs Briefe an die Fremde*, Bd. 2, 11. Nov. 1844, S. 459.

19 *Balzacs Briefe an die Fremde*, Bd. 2, 1. Juni 1844. S. 379.

20 Nicole Mozet, *Balzac en 1847. La Pologne de la Lettre sur Kiev. Le corps polonais et meurtri de Vanda* (L'Initié). In: Romantisme. Revue du dix-neuvième siècle. Nr. 166. 2014/4.

21 Siehe auch Sophie de Korwin-Piotrowska, *Balzac et le monde slave. Madame Hańska et l'œuvre balzacienne.* Paris 1933, S. 444 ff.

22 Honoré de Balzac, *Der Aufgenommene.* In: Honoré de Balzac, *Die Menschliche Komödie.* Gesamtausgabe in zwölf Bänden hrsg. von Ernst Sander. München 1972. Bd. IX, S. 199.

23 Mit Balzacs ambivalenter Haltung in Bezug auf die Juden haben sich in den letzten Jahrzehnten mehrere wissenschaftliche Arbeiten beschäftigt: Arlette Pierrot, Roger Pierrot, *Notes sur Balzac et les Juifs.* In: Revue des études juives. 1987, janvier-juin.

S. 85–99. / Ketty Kupfer, *Les Juifs de Balzac*. Paris 2001. / Richard S. Levy, *Antisemitism. A Historical Encyclopedia of Prejudice and Percecution*. Vol. 1: A–K. Santa Barbara, California, Denver, Colorado, Oxford, England 2005. S. 54 (Stichwort Honoré de Balzac, von Susan Rosa).

24 Siehe Anm. zur *Lettre sur Kiew*, S. 15.

25 H. de Balzac, *Correspondance*. Tome V (Mai 1845–Août 1850). Éditions Garnier Frères, Paris 1969, S. 320 ff. Einen weiteren Brief in Sachen Einreiseerlaubnis sandte Balzac, ebenfalls am 14. Juli 1848, an den russischen Minister der Gendarmerie und Geheimpolizei Graf Aleksej Fëdorovič Orlov, siehe *Correspondance*, Tome V, S. 323 ff.

26 Honoré de Balzac, *Lettres à sa famille 1809–1850*. Hrsg. und kommentiert von Walter Scott Hastings. Paris 1950. S. 250 ff.

27 *Correspondance*, Tome V, S. 418.

28 *Correspondance*, Tome V, S. 480 f.

29 Leonid Grossman, *Bal'zak v Rossii*. Literaturnoe Nasledstvo 1930/31. Moskau 1937. S. 298.

30 *Correspondance*, Tome V, S. 584.

31 *Correspondance*, Tome V, 30. April 1849, an Laure Surville, S. 558.

32 *Correspondance*, Tome V, 26. Mai 1849, S. 577.

33 *Correspondance*, Tome V, 21. Juni 1849, S. 588.

34 *Correspondance*, Tome V, 20./21. Okt. 1849, an Laure Surville, S. 626 ff.

35 *Correspondance*, Tome V, 29. Nov. 1849, an Laure Surville, S. 665.

36 *Correspondance*, Tome V, 25. Juni 1849, an Madame Balzac,

S. 593. ouragan des steppes – Steppenorkan, russ. uragan, Orkan, Wirbelsturm, Hurrikan.

37 *Correspondance*, Tome V, 9. Febr. 1849, S. 480.

38 *Correspondance*, Tome V, 22. März 1949, an Laure Surville, S. 520.

39 *Correspondance*, Tome V, ebenda, S. 521.

40 *Correspondance*, Tome V, S. 625–632.

41 *Correspondance*, Tome V, Januar 1849, an Laure Surville, S. 462. Balzac variiert hier den von Plutarch überlieferten Ausspruch einer spartanischen Mutter, ihr Sohne möge mit dem Schild, d. h. siegreich, oder auf dem Schild, d. h. besiegt, zurückkehren. Ohne Schild zurückzukehren, galt als unehrenhaft, da es Flucht vor dem Feind implizierte.

42 1836 hatte Balzac Madame Hańska sein Porträt in weißer Schreibkutte, gemalt von Boulanger, übersandt und ihr im Oktober des Jahres geschrieben: »Boulanger ist es gelungen, in meinem Porträt – und das gefällt mir daran – meine Beharrlichkeit vom Format [...] eines Peter des Großen und meinen unerschütterlichen Glauben an die Zukunft auszudrücken, welche das Fundament meines Charakters bilden.«

43 *Correspondance*, Tome V, S. 677f.

44 Der polnische Nationaldichter Adam Mickiewicz verewigte Glanz und Gloria der Kiewer Kontraktbörse in seinem berühmten Epos *Pan Tadeusz.*

45 *Correspondance*, Tome V, 16./28. Febr. 1850, an Madame Balzac, S. 723.

46 *Correspondance*, Tome V, 3. März 1850, S. 732.

47 *Correspondance*, Tome V, 15. März 1850, S. 742.

48 *Correspondance*, Tome V, 17. März 1850, S. 747 f.

49 *Correspondance*, Tome V, 17. März 1850, S. 743 f.

50 *Correspondance*, Tome V, 11. Mai 1850 aus Dresden, an Louis Véron, S. 760.

51 Zitiert nach Graham Robb, *Balzac. A Biography*. London, Basingstoke 1994, S. 383.

52 Im September 1936 im Auftrag der Zeitschrift *Literaturnoe Nasledstvo,* veröffentlicht in: *Literaturnoe Nasledstvo, Russkaja kul'tura i Francija.* Moskau 1937, S. 184 f.

Editorische Notiz

Balzacs Resiebericht *Lettre sur Kiew* wurde übersetzt nach der Erstausgabe *Lettre sur Kiew* par Honoré de Balzac. Fragment inédit. Ornée de quatre illustrations et de trois fac-similés. Les Cahiers Balzaciens, publiés par Marcel Bouteron. Nr. 7. Éditions Lapina, Paris 1927. (Abgleich von Text und Anmerkungen mit einer späteren Veröffentlichung der *Lettre sur Kiew* in: *Œuvres complètes de Honoré de Balzac.* Œuvres diverses. Texte revisé et annoté par Marcel Bouteron et Henri Longnon. Tome III (1836–1848). Louis Conard Librairie-Éditeur, Paris 1940.) Die Zwischentitel, die der Herausgeber der Erstausgabe der *Lettre* in Balzacs Text einfügte, wurden, anders als die von ihm zusammengestellte Reiseroute, nicht übernommen.

Die zur Komplettierung des Fragments aufgenommenen Briefe Balzacs wurden übersetzt nach H. de Balzac, *Correspondance.* Tome V (Mai 1845–Août 1850) et Supplément. Textes réunis, classés et annotés par Roger Pierrot. Éditions Garnier Frères, Paris 1969 und abgeglichen mit Honoré de Balzac, *Correspondance.* Tome III (1842–1850). Édition Roger Pierrot et Hervé Yon. Bibliothèque de la Pléiade. Gallimard, Paris 2017.

Die aus dem Französischen stammenden Zitate im Nachwort, sofern nicht mit Angabe der deutschen Quelle versehen, wurden von Nicola Denis ins Deutsche übersetzt.

Schreibweisen

Personennamen wurden in der deutschen Übersetzung der *Lettre sur Kiew* und den ausgewählten Briefen in Balzacs Schreibweise erhalten, mit Ausnahme geläufiger Schreibweisen von Namen bekannter Persönlichkeiten. Ortsnamen erscheinen in der heute im Deutschen gebräuchlichen Schreibweise. Die Schreibweise von Realien, die der Autor in ihrer Originalsprache (oft fehlerhaft) anführt, wurde korrigiert. Alle gegenüber dem Original veränderten Schreibweisen sind mit einer Anmerkung versehen.

Russische Wörter in der *Lettre,* in den Briefen und im Nachwort folgen der Duden-Transkription. Bibliographische Angaben in den Anmerkungen zur *Lettre,* zu den Briefen und in den Noten zum Nachwort folgen der wissenschaftlichen Transliteration des Russischen.

Dankeschön

Verlag, Herausgeberin und Übersetzerin danken: Jonas Hock, wissenschaftlicher Mitarbeiter am Institut für Romanistik der Universität Regensburg, für seine freundliche fachliche Beratung; Dina Dodina, Tourmanagerin des Malyj Dramatičeskij Teatr, St. Petersburg, und Aleksej Adaschewski, Theaterwissenschaftler, Hamburg, für den selbstlosen Einsatz bei der Materialbeschaffung; Anne-Marie Baron, Vorsitzende der Société des Amis d'Honoré de Balzac et de la Maison de Balzac, und Hervé Yon, Mitherausgeber der bei Gallimard erschienenen dreibändigen Pléiade-Ausgabe der *Correspondance* Balzacs, Paris, für die großzügige Hilfe in vielen den Autor und die *Lettre* betreffenden Fragen.

Ellen Presser, Leiterin des Kulturzentrums der Israelitischen Kultusgemeinde, und Evita Wiecki, Dozentin für Jiddisch an der Ludwig-Maximilians-Universität, München, sowie den Kuratorinnen des Jüdischen Museums Berlin Cilly Kugelmann, Signe Rossbach und Miriam Goldmann sei für ihre kundige Unterstützung bei der Recherche ostjüdischer Realien gedankt; Tetjana Kuschtschuk, Leiterin der Stadtbibliothek, und Pawlo Skawronski, Direktor des Städtischen Museums, sowie dem Stadthistoriker Anatolij Gorobtschuk, Berditschew, für ihre unermüdliche Unterstützung vor Ort und die geduldige Beratung in Fragen ukrainischer Realien.

Ganz besonders dankt die Herausgeberin Jutta Hercher, Berlin, und Ingrid Gloede, Aurich, für ihre geduldige und kompetente Begleitung des Nachworts:

Grand merci, Jutta! Grand merci, Ingrid!

Zweite Auflage Berlin 2018

Göhrener Str. 7, 10437 Berlin

Gestaltet von Pauline Altmann, Berlin
Gesetzt aus der Walbaum 2010 von Michael Rosenlehner, Berlin
Collage von Nadine Goepfert, Berlin
Die Herstellung übernahm Hermann Zanier, Berlin
Gedruckt von Art-Druk, Szczecin

ISBN 978-3-932109-85-0
www.friedenauer-presse.de